神様の居酒屋お伊勢

～花よりおでんの宴会日和～

梨木れいあ

STARTS
スターツ出版株式会社

古くから栄える、お伊勢《いせ》さんの門前町《もんぜんまち》。
『おはらい町《まち》』と呼ばれるそこの路地裏に、神様たちのたまり場がありました。
『伊勢神宮《いせじんぐう》』の参拝時間が終わり、町全体が寝静まった頃、
ひっそりと店の明かりが灯ります。
おやおや、なんだか賑やかなお祭りの音が聞こえてきました。
おいしい料理と楽しいお酒に、今宵もみんなで酔いしれます——。

目次

神様の居酒屋お伊勢

～花よりおでんの宴会日和～

一杯目　神嘗祭《かんなめさい》とさめのたれ

キリッと冷えた風が吹く、十月中旬。

伊勢神宮内宮《ないくう》の門前町である『おはらい町』の路地裏で、私、濱岡莉子《はまおかりこ》は紺色の長暖簾《ながのれん》を出していた。

「よく晴れてるなあ」

透き通った空の色が気持ちよくて大きく息を吸い込むと、野を焼いたあとの煙たい匂いが秋の訪れを感じさせる。つい最近まで香っていた甘く柔らかい金木犀《きんもくせい》の匂いは、静かに姿を消していた。

「にゃにゃあ……」

隣で、招き猫の付喪神《つくもがみ》がぐわっと口を開けてあくびをした。

「あー、分かる。眠たいよね」

三色の毛が白ゴマと黒ゴマと金ゴマのようだから、という理由で『ごま吉《きち》』と呼ばれているうちの看板猫に相槌《あいづち》を打って、私もぐっと伸びをする。

伊勢神宮の参拝時間が終わるのと同時に開店する『居酒屋お伊勢』だけれど、今の時刻は昼の十二時。いつもであれば、私もごま吉も夢の中にいる時間だった。

「『神嘗祭』かあ……」

ぽつりと呟《つぶや》いて、以前聞いた話を思い出す。

今日から三日間、伊勢神宮の内宮と外宮《げくう》では〝神嘗祭〟というお祭りが執り行われている。

太陽を象徴とする最高神である天照大御神《あまてらすおおみかみ》様にその年の初穂を捧《ささ》げて豊作のお礼をするというそのお祭りは、伊勢で一番重要とされているそうで、うちの常連客である神様たちも多く関係しているらしい。

夜通し神様に感謝する儀式もあるからと、普段は夜中に開けているこの店も、神嘗祭の期間中は時間を変更して営業する手はずになっていた。この三日間は夜より日中のほうが店の需要があるのだとか。

「どんな感じなんだろう」

神嘗祭が大きなお祭りだということは分かったけれど、実際にこの目で見たことはない。どれほどの盛り上がりなのだろう、そもそもお客さんたちはうちに来るような暇があるのだろうか、と首を傾げる。

「にゃにゃい」

「ん？」

ごま吉が前足をぐーっと伸ばしたかと思えば、パタパタと動かした。どうやら私の疑問に対して身振り手振りで説明しようとしてくれているみたいだけれど、でっぷりと太ったごま吉がちょこまか動く様《さま》はただ面白く、まったく伝わってこない。踊っているようにしか見えなくて、思わず笑ってしまった。

「にゃ！」

「ごめんごめん。可愛くて、つい」

ムッと膨れたごま吉と目線を合わせるようにしゃがみ込んでなだめていれば、ふと赤提灯《あかちょうちん》が視界に入る。

開店前に明かりをつけるのも私に任せられた仕事のひとつだ。

日が暮れてからの営業であれば、その明かりはお客さんである神様たちを柔らかく迎える目印になることだろう。

しかし今はまだ太陽がしっかりと辺りを照らしている。赤提灯のスイッチを入れるのは、もっと暗くなってからでもいいような気がする。

「……松之助《まつのすけ》さんに聞いてみようかな」

とりあえず店主に確認しようと立ち上がった私に、ごま吉が「ぎにゃ⁉」と不服そうな声を上げた。かと思えば、またもや前足をぐっと伸ばして、右に左に大きく振る。

「どうしたの、ごま吉」

「にゃにゃにゃ、にゃい」

「あ、もしかして神嘗祭の説明の続き？」

自分の説明が分かりづらかったから、代わりに松之助さんに聞きに行こうとしているのか。私が立ち上がった理由を、ごま吉はどうやらそんなふうに捉えたらしい。必死になって前足を動かしているのはやっぱりコミカルだけれど、なるほど、まったく伝わらない。ごま吉の予想は半分はずれで半分正解だった。

「赤提灯のこと聞いてくるだけだよ」

機嫌を取るようにごま吉の頭をひと撫《な》でしてから、ガラッと引き戸を開ける。ほんまかよ、と信じ切っていない様子のごま吉の視線を背に受けながら、私はカウンターの中で仕込みをしていた店主に声をかけた。


「市民が参加するような行事もあるし、観光客も増えるし、町全体が賑《にぎ》わう感じやよ」

紺色の作務衣《さむえ》、頭に巻いた白いタオルから覗《のぞ》く短い金髪、耳に開いた無数のピアス穴。店主である松之助さんは「こんなもんかな」と鍋の火を止めながら、私の質問に答えてくれた。ちなみに赤提灯は暗くなってからでいいとの返事をもらってある。

「えっ、参加できるものもあるんですか？」

「神嘗祭自体は神宮の中で行われるんやけど、その周辺では『神嘗奉祝祭《かんなめほうしゅくさい》』っていう神嘗祭を祝う祭りがあって、全国の有名な祭りが伊勢に来るんさ」

「お祭りを祝うお祭りで、全国のお祭りが集まる……」

声に出してみるとややこしいことこの上ないけれど、神嘗祭がそれだけ大きなお祭りだということだろう。

松之助さんは補足するように、徳島《とくしま》の阿波《あわ》踊りや山形《やまがた》の花笠《はながさ》踊り、沖縄のエイサーなど一度は聞いたことのある名前を並べていく。遠いところからわざわざ伊勢に来てくれるとのことで、パレードみたいな感じらしい。さっき説明してくれたごま吉が踊っているように見えたのも、わりと正解だったようだ。

「その祭りには『初穂曳《はつほびき》』っていうのもあって。その年の新穀《しんこく》が載った車をみんなで引っ張るんやけど」

今日は外宮のほうであるんとちゃったかな、と松之助さんはカレンダーに視線を向ける。

「そんなイベントがあったならもっと事前に教えてもらいたかったです。そしたら参加できたのに」

「いや、莉子には店のほう手伝ってもらわな困るし」

即座に返ってきた松之助さんの何気ない言葉が嬉《うれ》しくて、ニヤけてしまいそうになった。

不思議なお酒を飲んで神様の姿が見えるようになった私が、神様たちの集まる居酒屋で働き始めて九カ月。

接客だけではなく、枝豆や冷やしキュウリなどの簡単な料理や、おすすめメニューを紹介するポップ書きも任せてもらえるようになり、松之助さんに認めてもらっているという自覚は少なからずある。けれど、こうして言葉にして伝えられると、やっぱり胸が温かくなるのだった。

「で、でも、そんな忙しそうなときに、店にお客さん来るんですか？」

緩みかけた表情筋をごまかすように問いかければ、松之助さんは困ったように眉を下げる。

「うちの常連さんたちの性格、よく知っとるやろ？」

「常連さんたちの性格……？」

どういうことだろうと首を傾げたときだった。

「疲れたあぁ！」

ガラッと勢いよく開いた店の引き戸。驚いてそっちを見ると、薄紫色の着物に身を包んだ、肌が白くて目鼻立ちのはっきりとした綺麗《きれい》なお姉さんが駆け込んできた。

「あれ、トヨさん今日は外宮でお祭りのはずじゃ……？」

「松之助、唐揚げお願い～」

トヨさんこと『豊受大御神《とようけのおおみかみ》』は私の呟きに反応することなく、いつものカウンター席に腰かける。

衣食住をはじめとする産業の守り神として伊勢神宮の外宮に祀《まつ》られている彼女は、

今日から行われている神嘗祭のメインキャストのはずだ。今、この時間にこの場所にいていいわけがない……と思うのだけれど。

呆気《あっけ》にとられる私の隣で、松之助さんは「はいよ」と唐揚げの調理を始めた。

「じっと座ってるのって、どうにも苦手なのよね〜」

そう言ってトヨさんが伸びをすると、ゴキゴキッと骨の鳴る音がした。肩を回して「くあ〜」とあくびをする様は、その辺のおっさんみたいだ。

「いやいや、え、抜けてきたらダメじゃないんですか?」

お冷とおしぼりを置きながら聞けば、トヨさんはぷうっと頬を膨らませる。

「そこまで詳しく知らないですけど、神嘗祭ってすごく大きなお祭りなんでしょう?」

「いいじゃない〜、ちょっとくらい休憩しても。外宮のほうは明日のお昼まで続くんだから」

それは確かに大変そうだけれど、と私が同情しかけた隙を見抜いて「ね、莉子、ビールちょうだい」とトヨさんは上目遣いで注文してくる。

まだ仕事中、しかも年に一度の大仕事の最中だというのに、お酒を提供してもいいものだろうか。どうしようかと松之助さんを窺《うかが》えば、ちょうど唐揚げを盛りつけたところだった。

「はい、唐揚げ。それ食べてはよ戻りや。さすがに酔っ払いを神嘗祭に行かせるわけにはいかんし」

　ゴツゴツと大きい唐揚げからは、ほわんと湯気が立っている。たまり醤油《じょうゆ》をベースにした甘辛いタレがかけてあるそれを、トヨさんが頼まなかった日はない。揚げたての大好物を目の前にして、トヨさんは「ケチ」と小さく呟いた。

　いつもだったらもっと駄々をこねていただろうに、それだけで済むとは。神嘗祭がいかに重要なお祭りとされているかが感じ取れる。

　トヨさんにも神様としての自覚みたいなものはあるんだなあ、となんともまあ失礼な感想を抱きながら頷《うなず》いていると、隣から小突かれた。

「松之助さん、エスパーですか」

「莉子の考えとることは大体分かるわ。思いっきり顔に出とるで」

　ジトッと目を細めた松之助さんに、慌てて背筋を伸ばす。

「ん～、おいしい！　やっぱり松之助の唐揚げは最高ねえ」

　おいしそうに唐揚げを頬張るトヨさんを眺めていたら……。

「よっす、まっちゃん莉子ちゃん！　黒みつプリンあるかい？」

「冷やしキュウリをくれ」

　しばらくもしないうちに、ガラッと引き戸が開く音が聞こえてくる。休憩しに来るのはさすがにトヨさんだけだろうと思っていれば、そんなこともなかったらしい。

しかし、普段は座敷で宴会をしている常連さんたちも今日はカウンター席に座り、それぞれ自分の食べたいものを頼んでいく。そして食べたら間を置かず社《やしろ》に戻るというお客さんがほとんどだった。

「注文してもいい？」

「お会計お願いしまーす」

店にいるお客さん自体は少ないのに、次から次へと声がかかる。松之助さんは調理に専念しているため、私は「少々お待ちください！」と返事をして順番に用件を伺っていった。

居酒屋というよりは、昼時にサラリーマンが集う定食屋さんみたい。

「莉子、今日から三日間はスピード勝負やで」

神嘗祭のときは忙しい。以前松之助さんから聞いたその言葉の意味が、なんとなく理解できたような気がした。

そうこうしているうちに、またも店の引き戸が開くのが見えた。

「いらっしゃいませ！」

常連さんかと思って顔を上げると、そこにいたのは見慣れないお客さんだった。

黒い着物に黒いベール。顔がしっかりと見えないものだから、その姿はちょっと不審者っぽい。それでも、お客さんのまとっているオーラみたいなものがなんともミステリアスで神秘的な感じがする。

ただの不審者ではなく神様なのだろうというのは察することができた。

「おーい、莉子ちゃん。注文いいか？」

「あ、はい！　えっと、お好きなお席へどうぞ」

初対面のお客さんに戸惑いつつも、そう声をかけて、カウンター席に座っていた常連客のおっちゃんの注文を聞きに行く。

不思議な雰囲気のお客さんは、静かに一番端のカウンター席に腰を下ろした。そのとき一瞬、いつしか嗅いだことのあるような甘い香りがしたけれど、思い出す前におっちゃんが口を開く。

「枝豆とー、卵焼きとー、あ、たこわさも食いてえな」

「そんなにいっぱい食べる時間ないんでしょう？　どれかひとつにしたらどうですか？」

あれもこれもと注文してくるおっちゃんに品数を減らすよう促していると、一番端に座ったさっきのお客さんが小さく手を挙げていた。

『少々お待ちください』と言おうと顔を向ければ、私より先に松之助さんが「はいよ」と声をかける。

……知り合いかな？

お客さんは頭から被っていた黒いベールを少しだけずらして、松之助さんにコソコソと話しかけている。チラリと見えた横顔はとても整っていて、表情もどこか柔らかい。

会話の内容は聞こえないけれど松之助さんも優しげな顔をしていて、親密そうな雰囲気だ。

「じゃあこれだけにしようかな……って、おーい。莉子ちゃん、聞いてるかい？」

「へ、……あ！　すみません！」

ついつい違うほうに気を取られていた私は慌てて謝る。ただでさえ忙しいというのに、タイムロスをしてしまった。

「松之助さん、卵焼きひとつお願いします」

もう一度おっちゃんの注文を聞き直してから松之助さんに伝える。

「はいよ」

コクリと頷いた松之助さんは、冷蔵庫から卵を取り出して片手で割っていく。

そのままの流れで、一番端のカウンター席に視線を移したけれど、さっきまでそこにいたはずの不思議なオーラをまとったお客さんはいなくなっていて。

「……あれ？」

「ん？」

「あ、いえ、なんでもないです」

眉を上げた松之助さんに、咄嗟《とっさ》に首を横に振った。

面倒見のいい松之助さんのことだから、あのお客さんがどこへ行ってしまったのか、聞いたら答えてくれるだろう。だけど、この忙しいときに手を止めてもらうのは気が引ける。

「そうか？　じゃあ、これ持ってって」

「はいっ」

返事をして、いそいそとお皿を運ぶ。

あっという間に帰ってしまったことや、松之助さんとどこか親密な感じだったことは気になったけれど……。

それ以上の忙しさに、一日が終わる頃には、そのお客さんのことはすっかり頭の中から消えていた。


「ん〜、戻りたくない〜」

いつものカウンター席で、トヨさんはぐでっと突っ伏した。

「そんなこと言ったって、トヨさん今日の主役なんでしょう？」

神嘗祭、二日目。外宮では昨日の夜から今日にかけて、『由貴夕大御饌《ゆきのゆうべのおおみけ》』、『由貴朝大御饌《ゆきのあしたのおおみけ》』、『奉幣《ほうへい》』、『御神楽《みかぐら》』という神事が行われているらしい。

さすがに儀式の最中にやってくることはなかったけれど、お昼にあった奉幣が終わってすぐに唐揚げを食べに来たトヨさんは、まだこのあともあるというのに駄々をこねていた。

「みんな待ってると思いますよ」

「もうちょっとダラダラしたかったのに～」

そんなトヨさんの背中を押して、なかば強制的に店の外へと誘導する。

「はいはい。また、おいない」

いつもの言葉で見送れば、不服そうな顔をしながらもトヨさんは去っていった。

「や、やっと終わった……」

倒れ込むように店内へ戻る。

今日も開店と共に常連さんたちがやってきて、次から次へと好物を食べては去っていった。こうしてバタバタと店内を走り回ること二時間。ようやくお客さんの波が引いていったところで、私はふうと息を吐いた。

カウンターの上を、シャボン玉のように透明で周りが虹色がかっている小さな丸たちが、ちょこちょこと動き回っている。古いホウキの付喪神であるそれらは『キュキュ丸《まる》』という、うちの店の優秀なお掃除隊だ。キュキュ丸たちが通ったところは、食べかすや水滴が綺麗に消えてツヤツヤと輝いていた。

「やっぱ莉子がおってくれると回転率がいいな。助かったわ」

「そうですか……」

この忙しさを経験する前に言われていれば、きっとニヤけていただろう。せっかくもらった労いの言葉ながら、今は喜ぶような気力も残っていない。

雑な返事をした私に苦笑しながら「まあ座り」と松之助さんは折りたたみの椅子を出してきてくれた。「ありがとうございます」とお礼を言い、ありがたく座らせてもらうことにする。

「昨日も忙しかったですけど、毎年こんな感じなんですか？」

「そやなあ。去年までは時間変更しやんと営業してたんやけど、開店してない時間帯にお客さんが来ること多くて。でも、ひと息つきたいなって思ったときにうち来てくれるのは嬉しかったから、追い返すこともできやんくてさ」

去年のことを思い返すように視線を宙に向けて、松之助さんは複雑そうに笑った。神様たちが、ほっと心安らげるような居場所を作りたい。そんな想いを込めてこのお店を続けている、松之助さんらしい話だ。

ちょっと疲れたときにこの店の存在が思い浮かんで、営業していないっていうのは分かっていたけれどつい来ちゃった。そんなふうに言われたら、きっと松之助さんは快く迎え入れることだろう。

「そうなると、昼も夜もひとりで働きっぱなしになるわけで。去年は見事に体調崩したんさな」

「いや、ひとりでそんなことしてたら、そうなりますよ！」

つい口調が強くなってしまった私に、「やよな」と松之助さんは眉を下げて苦笑いを浮かべる。お茶でも淹《い》れようとしてくれているのか、急須にお湯を注いでいた。

「やで、今年はなにか対策しようと思って相談してみた結果、営業時間の変更っていう案が出てきたんさ」

「それが、……〝ツキヨミさん〟からのアドバイスですか」

ツキヨミさんとは『月読尊《つきよみのみこと》』という神様のことだ。松之助さんが小さいときからの知り合いらしく、よく遊んでもらっていたとか。神様が〝見える〟ことで周りとうまく馴染《なじ》めなかった松之助さんにとって、とても特別な存在だと聞いている。

確認するように尋ねれば、松之助さんは頷く。

「うん。とりあえず今年は試験的にって感じやから、来年はどうするか分からんけど」

「なるほど」

「はい、お茶。熱いで気いつけて」

そっと渡された湯呑《ゆの》みを、お礼を言いながら受け取って、ふうと息を吹きかける。

ツキヨミさんは先日もこの店を訪れていたようだけれど、私はタイミングが合わず会うことができなかった。そのときには、ツキヨミさんのことを勝手に松之助さんの彼女なのではと勘繰ったり、勝手にトヨさんたちと探ったり、勝手にヤキモチを妬いたりと、思い出すだけでも恥ずかしい早とちりをしている。

「いつかツキヨミさんに会う機会があったら、まずは謝らなきゃダメな気がする……」

「え？」

無意識のうちに声に出ていたらしい。遠い目をした私を、松之助さんが不思議そうに見ていた。

「なんでもないです」と首を横に振り、淹れてもらったお茶にゆっくりと口をつける。まだ少し熱かったため飲むのはちょっとだけにして、静かに湯呑みを置いた。

「ところで、ツキヨミさんってなんの神様なんでしたっけ？」

「夜の世界を司っとる神様やよ。占いの神様としても知られとるけど」

「あ、そうでしたね」

前にも聞いたことがあった。

記憶と結びついて納得していると、松之助さんが妙にソワソワし始めた。どうしたのだろうか。

「トイレですか？　お客さんいないですし、今チャンスだと思います」

「え？　あー、いや、ちゃうよ」

違うのか。じゃあ、なにがあるというのだろう。

頭の上にハテナを浮かべていれば、松之助さんはチラリと私を見て、それからゆっくりと視線を店の入り口のほうへと向けた。

私も同じように視線を移動させる。

黒い着物に黒いベール。首から提げられているのは白に近い緑色をした勾玉《まがたま》で、ベールの下に見えた金色の髪飾りは月の形をしている。ふわりと甘くまろやかな香りは、やっぱり、いつしか嗅いだことのあるものだった。

「……あ、えっ？　昨日の……」

びっくりして、変な声が出た。不思議なオーラをまとった、松之助さんと親しげに話していたあのお客さんだ。

いつの間に。いつからそこに。あ、それより先に『いらっしゃいませ』を言わなくちゃ。

いろんな言葉が私の頭の中で行ったり来たりを繰り返している間に、お客さんは黒いベールをぱさりと外す。透き通るような白い肌に、涼しげな切れ長の目。スッと通った鼻筋に、形のいい細い眉。

昨日はじっくり顔を見ることができなかったその整った顔立ちに息を呑んだ。

「先ほどから聞こえてきていたのは、暗黒の世界の支配者である我、ツキヨミの話だろうか」

薄い唇が動く。低すぎず聞き取りやすい声が鼓膜を揺らした。

「いらっしゃい、ツキヨミさん」

松之助さんがにこりと笑う。

音も立てずに店に入ってきたのは、今まさに話をしていた『月読尊』――ツキヨミさんだった。

「綺麗……」

なにを言うべきかぐるぐると考えた結果。お客さんを迎え入れる際の模範解答を示した松之助さんに続いて私の口から出たのは、ただの感想だった。

「おおおお、お冷とおしぼりです……」

カウンター席に座ったツキヨミさんの前に、ガチガチに緊張しながらお冷とおしぼりを置く。そんな私を横目に松之助さんはクスッと笑っているけれど、卒倒しなかっただけ褒めてほしい。

昨日はずっとバタバタしていたから、そこまでちゃんと顔を見る余裕もなかっただけに、突然のイケメンは心臓に悪い。この店に来るお客さんたちはわりと美形で、イケメンに対してもそれなりの耐性ができたと思っていたけれど、どうやら私の勘違いだったようだ。

キュキュ丸たちもポッと赤くなりながら大急ぎでカウンターの上を転がっていた。

「松之助、調子はどうだ？」

私の出したお冷とおしぼりをチラリと見てから、ツキヨミさんが静かに首を傾げる。

「今のところ特に問題はないかな」

ツキヨミさんがやってきたのは、自分のアドバイスがどのように効いているかを確認するためだったらしい。松之助さんの返事を聞いて「そうか」と頷いている。

「あ、でも、莉子もおるし去年よりはだいぶ楽やな」

「……莉子？」

私の名前が出てきたことにピクリと反応すれば、切れ長の瞳がこちらを見た。

「は、はじめまして。こちらで働かせてもらっています、濱岡莉子といいます」

慌てて自己紹介をすると、ツキヨミさんは納得したように首を縦に振った。

「そなたが莉子か。噂《うわさ》はよく耳にしている」

「そうだったんですか。私も松之助さんからお話はよく伺っています。ツキヨミさん……ですよね？」

念のため答え合わせをしておこうと尋ねた私に、ツキヨミさんは「ふっ」と笑って目を伏せる。なにか面白いことでもあったのだろうか、と不思議に思っていれば、そのまま左手で顔の左半分を覆った。

……うん？

「そうとも。我こそが闇と暗黒の世界を司りしこの世の陰の支配者、月読尊である」

ババーン。効果音を付けるとしたら、そんな感じ。ツキヨミさんは顔の左半分を隠したまま、カッと目を見開いて声を張った。

「……は、はあ」

先ほどまでのミステリアスな雰囲気とは打って変わってどことなくクセの強そうな自己紹介に、思わず気の抜けた声が出る。

なんだろう。そういえば、こういうタイプの子、中学二年のときのクラスメイトにいたような……。

「松之助、例の物を」

私がポカンと口を開けているのにも構わず、ツキヨミさんはパチンと指を鳴らして注文をする。ひとつひとつの動作が妙に芝居がかっていて、そのうち目とか手とか、どこか身体の一部が疼《うず》くとでも言いだしそうな感じだ。

あのクラスメイトも、気持ちが高ぶると『左手が疼く』と呟いていた気がする。すごく独特な感性で私にはさっぱり理解できなかったものの、確かあの子は左手に龍を飼っているという設定だった。

ツキヨミさんを見ていると、どうにもその〝中二病〟だったクラスメイトを彷彿《ほうふつ》とさせる。いや、まあそういう神様なんだろうし、とても様になってはいるのだけれど。

松之助さんは慣れた様子で「はいよ」と返事をした。冷蔵庫からあまり見たことのない食材を取り出して、ひと口大に切っていく。

「それが〝例の物〟ですか？」

「莉子、といったか。馴染みないか？」

私の質問に答えてくれたのはツキヨミさんだった。正直に「あんまり見たことがないです」と返せば、顎をさすってどこか得意げに眉を上げた。

「ふん。ならば教えてやろう。それは『さめのたれ』という」

「サメ？　魚のですか？」

「ククッ、正解だ。サメの干物のことだと脳みそに叩《たた》き込んでおくがいい」

……独特の言い回しがやはり気になるところではあるけれど、それはいったん置いといて。

言われてみれば、松之助さんが取り出した食材は魚の干物のようだった。今は網に載せて炙《あぶ》っている。

「サメって食べられるんですか？」

「全国的には珍しいかもしれやんなあ。昔から伊勢神宮の神様たちに供えられとるってこともあって、わりとこの辺の人らは日常的に食べるんやけど」

松之助さんはさめのたれをひっくり返しながら、説明してくれる。

知らなかったなと頷いている間に磯《いそ》の香りが漂ってきた。いい具合に焼けてきているのだろう。

「この鼻腔《びこう》をくすぐる香りは……右腕が疼くな」

「やっぱり疼いちゃうんですね」

あ、言っちゃった。

「え、あ、……な！　なぬ！」

ついツッコミを入れてしまった私に、ツキヨミさんは慌てたように顔を上げる。形のいい耳が赤くなっていくのをちょっと申し訳なく思いながら見ていれば、隣から楽しそうな笑い声が聞こえた。

「ふはは。莉子、そこはいじらんといたって。ツキヨミさんはこれでも真面目にやっとるから」

「いやいや、松之助さんも思いっきり笑ってるじゃないですか」

「な、なんだそなたたち！　ふたり揃《そろ》って、闇と暗黒の世界を司りしこの世の陰の支配者であるこの我に対して、失礼だぞ！」

プンプンと怒るツキヨミさんに「すみません」と平謝りをする。

「緊張するとクセ強めになるんさな」

「き、緊張などするものか。我は『三貴子《さんきし》』と呼ばれし神の一柱《ひとはしら》なのだぞ」

三貴子というのは、神様たちの中でも特に尊いとされている神様のことで、『天照大御神』と海を統治する『須佐之男命《すさのおのみこと》』、それから今ここにいるツキヨミさんがそう呼ばれているらしい。

松之助さんはツキヨミさんの主張を「はいはい、そやなあ」と流しながら、さめのたれをお皿に盛りつけていった。

なるほど。つまりツキヨミさんは、緊張すると中二病が発動してしまうタイプということか。想像していたよりもだいぶ繊細でクセのある神様だなあ。

松之助さんとの会話を聞いて納得していれば、ツキヨミさんが拗《す》ねたように私を見ていた。

「断じて違うからな。緊張などしていないからな」

「はい、分かりましたよ」

男の神様、しかも神様たちの中でもかなり尊いとされている神様にこんなことを思うのは失礼かもしれないけれど、何度も念押ししてくるツキヨミさんはけっこう可愛らしい。

松之助さんは以前、神様たちのことを好きなままでいられたのは、ツキヨミさんのおかげだと言っていた。

小さい頃から神様たちが〝見える〟体質だったため、苦労も多かったのだろう。見えなければ抱くことのなかった悩みもあったに違いない。それでも神様たちのことを嫌いにならずに済んだというのは、ツキヨミさんのこういうところに救われた部分が大きいのではないだろうか。

うん、きっとそう。自分が落ち込んでいるときにこんな感じで絡んできてくれる神様がいたら、気が抜けそうになること間違いなしだ。

「ツキヨミさん、お待たせ」

勝手に考えを巡らせていれば、そんな声が聞こえた。

松之助さんがカウンターの上に置いたのは、平べったい長方形のお皿。その上にはひと口大に切って炙られた、二種類の干物が載っている。片方は白っぽくて厚みがあり、もう片方は茶色くて薄い。白いほうにはマヨネーズとレモンが添えられ、茶色のほうにはゴマがかかっている。

「こっちの白いほうが塩味で、茶色のほうがみりん味な」

「へえ、味が違うんですね」

松之助さんの説明に思わず口を挟んだ私に、ツキヨミさんの切れ長の瞳が向けられた。

「……気になるのであれば、我のをやらないこともない」

「へ？」

ぼそりと落とされた呟きを反射的に聞き返す。いや、ちゃんと聞こえてはいたのだけれど、予想していない提案だったものだから。

「さめのたれを食べたことがなく、その味を知りたいとそなたが思っているのであれば、我のをやると言っているのだ」

「あ、いや、それは遠慮します。ツキヨミさんのをいただくのは悪いですし……」

あとで松之助さんにもらおうとこっそり企てていたし、と今打ち明けるのは話をややこしくしそうだから黙っておくことにする。

しかしツキヨミさんは不満げに目を細めた。

「仕方あるまい。我がいいと言っておろう。冷める前に食べてしまうがいい」

ふん、と鼻息荒くツキヨミさんはお皿を差し出した。これは断ると機嫌を損ねてしまいそうな感じだ。

一応、松之助さんの表情を確認しようと視線を向ければ、「もらっとき」とお許しが出た。

「では、お言葉に甘えて」

「存分に味わうがいい。ああ、だが、その前にレモンをしぼってやろう」

私が手を合わせると、ツキヨミさんは得意げに、さめのたれの隣にあるレモンを手に取った。塩味のほうにかけてから「ふん、こんなものだろう。さあ、食べるがいい」と勧めてくれる。

「ありがとうございます。いただきます」

軽く頭を下げて、まずは塩味のほうをひと切れお箸でつまむ。

すぐにほろっと崩れそうに見えたそれは、口に入れると思っていたより弾力があった。塩気がとても利いていて、スルメやさきいかといった類《たぐい》のおつまみに似たような、後引くおいしさがある。添えられていたマヨネーズのまろやかさとレモンの酸味もよく合っていた。

「ど、どうなのだ」

もぐもぐと口を動かす私を、ツキヨミさんはどことなくソワソワした様子で凝視していた。

「おいしいです。これ、お酒が欲しくなりますね」

「お、そうか！　そうであろう！」

率直な感想を伝えると、ぱあっと顔を輝かせる。

「我はこれがこの世で一番と言ってもよいほど好きなのだ。そのよさが分かるとは、そなたはいったい何者だ？」

「茨城県《いばらぎけん》出身、二十四歳女性です」

「そ、そういうことを聞きたかったわけではないが、まあいい。みりん味も食べてみるがいい」

自分の大好物を褒められたことが嬉しかったのか、テンションが上がったツキヨミさんはみりん味のほうも勧めてくれた。ありがたくいただくことにする。

みりん味のほうは塩味に比べて厚みがないけれど、これまた味がしっかりと染みている。噛《か》みごたえもあって、ちょっとエイヒレのような食感だ。噛めば噛むほど味がする、という表現がぴったり合う。焦げ目の部分も香ばしく、ごまの風味もいい。

「こっちもおいしいですね！」

「そうであろう。まあ、我の好物だからな、当然とも言えるがな！」

ツキヨミさんは誇らしげに胸を張り、ぱくりとさめのたれを頬張る。

「ごちそうさまでした」と手を合わせてから松之助さんの様子を窺うと、困ったように眉を下げていた。

「ツキヨミさん、上機嫌なとこ悪いけど、それ食べたらはよ社に戻りや」

そういえばそうだった。伊勢は神嘗祭の真っただ中だ。

指摘された途端にツキヨミさんはシュンと小さくなり、「分かっている」と呟いた。目を伏せて、もそもそとさめのたれを口に入れている。

「ツキヨミさんの社もこの辺にあるんでしたよね」

「うん。近くの有名どころやと、内宮の別宮《べつぐう》である『月読宮《つきよみのみや》』と外宮の別宮である『月夜見宮《つきよみのみや》』とかかな」

「別宮……」

このお店で働きだしてすぐの頃、調べたことがある。伊勢神宮というのには内宮と外宮の他に、今出てきた『別宮』をはじめ、『摂社《せっしゃ》』、『末社《まっしゃ》』、『所管社《しょかんしゃ》』なるものが含まれている。それら百二十五社の総称を伊勢神宮というのだとか。

確か別宮は、内宮と外宮に次いで尊いお宮とされていたような気がする。話しているうちにいろいろと麻痺《まひ》してきたけれど、やっぱりツキヨミさんって神様たちの中でもＶＩＰなんだなあ。

そんなＶＩＰは、塩味とみりん味を交互に食べながら、いじけたように口をとがらせていた。

「早く社に戻らねばならぬことは分かっている。が、もう少し丁重にもてなしてくれてもよいではないか。いつもの営業時間であれば、我は来ることができぬというのに」

「あ、そっか。ツキヨミさんは夜の神様だから、夜にはお越しいただけないんですね」

松之助さんと昔から付き合いがあるにもかかわらず、今日まで私がツキヨミさんと会うことができなかった理由はそこにあったのだった。思い出して、ポンと手を叩く。

「ふっ、ふふふ……」

聞こえてきた不気味な笑い声は、もちろんツキヨミさんだ。

「我は闇と暗黒に包まれた夜の世界を守らねばならぬからな。平和な夜は我に感謝し、我のことを称えるがいい！」

これまた、どどーんと効果音を付けたくなるような声の張りだった。

「お、おお……」

「ツキヨミさん……」

ぱっと両腕を広げたツキヨミさんに私は呆気にとられ、松之助さんは苦笑いを浮かべていた。そのときだった。

「つっかれたあああ」

ガラッと勢いよく開いた引き戸。

あれ。この声、ついさっき聞かなかったっけ。そう思って顔を向ければ、そこにいたのは案の定……。

「えっ、トヨさん」

「なにしとるん」

今日の主役であるはずのトヨさんが、倒れ込むようにツキヨミさんの隣に腰かけた。

「やっぱりじっと座ってるのって慣れないわ〜。もう腰とかバッキバキよ」

「いやいや、ついさっき帰っていったばかりじゃないですか！」

ぐっと伸びをして言ったトヨさんに、思わず力強いツッコミを入れてしまう。しかし当のトヨさんは痛くもかゆくもないといった様子で肩を回している。

「松之助、もう一回唐揚げ作って……って、あら？」

嵐のようにやってきて、また同じ注文をするのかと呆《あき》れていれば、トヨさんは不思議そうに首を傾げた。その視線は斜め下に向いている。

「これ、食べ残し？　誰かいたの？」

「へ？」

トヨさんが指差した先にあったのは、塩味とみりん味のさめのたれがひと切れずつ残されたお皿だった。

「それはツキヨミさんの……って、あれ？」

状況を見たら分かるでしょ、と思いながら顔を上げると、ツキヨミさんが座っていたはずの椅子には誰もいない。ふわりと甘くまろやかな、彼の香りが残っているだけだった。

「ツキヨミさんなら帰ったで」

「え⁉」

なんでもないことのように言ってのけた松之助さんに驚けば、苦笑いが返ってくる。

「か、帰ったって、いつの間に？　今の今までここにいたじゃないですか」

「なあに？　ツキヨミさん来てたの？」

お皿に残っていたさめのたれをひょいと指でつまみながら、トヨさんも松之助さんを見た。

「うん。トヨさんが来た瞬間に帰ってったけどな」

行動が早すぎる。全然気づかなかった。

私が唖然《あぜん》としているのに対し、トヨさんは特に驚く様子もなく口をもぐもぐと動かしている。しかもどういうわけか、感心したような素振りで頷いていた。

「さすがねえ、ツキヨミさん。ミステリアスな印象を崩さないままだわ。少しくらい雑談してみたいものだけれど」

「ツキヨミさんと話したことないんですか？」

ここに来る神様たちの中でも顔の広そうなトヨさんがそんなことを言うのは意外だった。ツキヨミさんの社はトヨさんが祀られている外宮の別宮だと聞いたし、関わりがありそうな感じがするのに。

私の疑問に、トヨさんは「もちろん、話したことはあるわよ」と答えてくれる。

「でも生活パターンが違うから、そもそも会うことも少ないし、会えたとしても必要最低限のことしか話さないというか。謎が多い方なのよねえ」

トヨさんの語るツキヨミさんは、無口で他の神様たちとの交流が少ない、謎めいた神様だった。

しかし、先ほどまでのツキヨミさんの姿を思い出して首を傾げる。

なかなかにクセは強かったけれど、話すことが嫌いなタイプには思えなかった。むしろ、ちょっと構ってほしい雰囲気すら醸し出していたような……。私も実際に会って話してみるまでは謎めいた感じをイメージしていたから、トヨさんの抱いている印象は分からないでもないけれど。

「人見知りやからなあ」

ぼそりと落とされた松之助さんの呟きを耳が拾う。トヨさんには聞こえないくらいの小さな声だった。

「松之助、例の物を」

翌日。神嘗祭の最終日にツキヨミさんが店にやってきたのは、鳩時計《はとどけい》が三回鳴いた頃だった。

ちょうどお客さんたちの波も引いていたので、ツキヨミさんはゆっくりとカウンター席に腰かける。

「はいよ」

ちょっと待っといて、と返事をした松之助さんに頷いて、ツキヨミさんは両手を組んだ。

「お冷とおしぼりです」

浮足立ったようにカウンターの上を転がるキュキュ丸たちの邪魔をしないよう、お冷とおしぼりを置く。

「……ああ」

静かに返事をしたツキヨミさんはどうにも落ち着かない様子で、松之助さんに視線を向ける。

松之助さんは冷蔵庫から例の物――さめのたれを取り出して、さっそく調理にとりかかっていた。

「……えっと」

なにか話しかけようと思って口を開きかけたものの、話題がない。昨日はどう話したんだっけ、と記憶を辿《たど》ってみたけれど、ほとんどの会話が松之助さんかさめのたれを介してだったことに気づいた。

なんやかんや、やっぱり見た目はすごく美しくてイケメンだから、改めて話をしようと思うと緊張するなあ。トヨさんみたいにガツガツ絡んでくれるようなタイプだと、こちらも気が楽なんだけれど。

　昨日はトヨさんの祀られている外宮がメインだったけれど、三日目の今日は内宮がメインだそうだ。昨日の夜から今日にかけて、またもやたくさんの神事が行われているらしく、慌ただしく去っていくお客さんたちも多かった。しかし、ツキヨミさんは特に焦った様子もない。

「昨日よりも今日のほうが神様たちってお忙しいんですか？」

　絞り出した結果、こんな質問をした私に、ツキヨミさんはビクリと身体を揺らした。急に話しかけられて動揺しているのか、キョロキョロと切れ長の瞳が泳いでいる。

「ふ、ふん、まあそうだろう。内宮で神事が行われているからな」

　神嘗祭は天照大御神様に感謝を伝えるお祭りだ。外宮ももちろん大切だけど、天照大御神様が祀られている内宮で行われる神事のほうがより重要で、忙しいのだろう。ちょっと考えてみれば分かることをわざわざ聞いた私に、ツキヨミさんは当たり前だと言わんばかりの回答をしてくれた。

「なるほど、そうなんですね……」

　つ、続かない。

　松之助さんに助けを求めようと視線を向ければ、「ごめんくださーい」と店の奥から声がする。

「宅配かな。ちょっと出てくるわ」

「え、あ、それなら私が――」

受け取ってきます、と言いかけた私の声は届かず、松之助さんは勝手口のほうへと行ってしまった。

「………」

「…………」

どうしようか、この沈黙。

ツキヨミさんとふたりきりで店内に残された気まずさを感じながら、視線をキュキュ丸たちに向けてみたけれど、お掃除隊は「キュッキュッ」と鳴き声を揃えて座敷のほうへと消えていってしまった。

「……松之助が」

不意に、ツキヨミさんが口を開いた。

まさか話を振ってもらえると思っていなかった私は「はい！」と慌てて返事をする。

「半年くらい前から、そなたの名前をよく口にするようになったのだ。それまで友だちという友だちもおらず、闇と暗黒の世界を司りし我と弟の竹彦《たけひこ》が松之助の交友関係の七割を占めていたようなものであったというに」

「は、はあ」

組んだ両手に顎を載せて、物憂げにため息をついたツキヨミさん。さっきまでの沈黙はなんだったのかと思うほどの語りに呆気にとられながらも相槌を打つ。

「我も我で、決して意図してこのようなことになっているわけではないが、まあ、その、一匹狼《いっぴきおおかみ》のようなところがあるものでな。いやなに、陰の支配者というものは常に孤独と隣り合わせであるから仕方あるまい。孤高の存在でもあるわけだからな」

つまりオブラートに包まずに言えば、ツキヨミさんも松之助さんと同じく友だちが少ないということだろうか。

「太陽の出ている間は神々もみな、忙しいからな。たまたま暇を持て余していた我は、友だちになってやろうと声をかけたのだ。そのときの松之助の嬉しそうな顔といったら」

小さい頃の松之助さんを思い出してか、ツキヨミさんはフッと笑った。

「松之助がそなたを雇ったと聞いたとき、我は少し気がかりであったのだ。松之助が身内でない人間と関わりを持って、うまくいった試しがなかったからな」

「な、なるほど……」

「だが、今回は違ったようだ」

ツキヨミさんはそこで言葉を区切ると、ようやく私を見た。初めて交わった視線に、どきりと心臓が鳴る。端整な顔に見つめられて、自然と背筋が伸びた。

松之助さんとツキヨミさんは、お互い友だちが少ないもの同士、ずっと仲がよかったのだろう。そんな親友とも呼べる松之助さんが人間の小娘を雇ったと知って、気をもんでいたということか。それも〝見える〟体質を理解されにくく、人付き合いが苦手な松之助さんの事情を長年見続けていたから、余計に心配だったに違いない。

「違ったようだって……？」

「お待たせ」

話の続きを促したとき、宅配を受け取ったらしい松之助さんがカウンターに戻ってきた。

その途端、ツキヨミさんは「いやっ、なんでもない」と我に返ったように口をつぐんでしまった。

「なんの話してたん？」

「き、気にするでない！　それより松之助、例の物を」

松之助さんに聞かれると恥ずかしいのだろうか。焦ったように話を濁したツキヨミさんに、松之助さんはキョトンとした顔で私を見た。

「そうなん？」

「あ、えーっと……」

松之助さんのことが心配だったみたいですよ、と正直に伝えてしまうのはツキヨミさんに悪いような気がして言いよどむ。

どうごまかそうかと悩んでいれば、ガタンとツキヨミさんが立ち上がった。

「いいっ、答えなくていいぞ莉子！　先ほどの話は我とそなただけの秘密である！守秘義務を課す！」

形のいい耳を赤くして、必死の形相で首を振っている。そんなツキヨミさんの反応が面白くて、思わず笑ってしまった。

「なっ、我を笑うなど失礼な！　分かっているのだろうな!?」

「あはは、すみません。分かりました、秘密にしておきます」

「本当か？　指切りげんまんするぞ！」

謎多きイケメンだけれど、友だち想いの人見知り、緊張すると中二病。想像していたよりもずっと人間味にあふれていたツキヨミさんと小指を絡ませる。

「松之助には絶対秘密だからな！」

「はい」

分かってますよ、と口角を上げた私に、ツキヨミさんは頬を膨らませた。

「……なんなん？」

そんな私たちを松之助さんは不思議そうに見て、首を傾げる。

「ふたりだけの秘密なんです」

人差し指を唇に当てながら私がそう答えると、松之助さんは「ふーん？」とつまらなさそうに口をとがらせた。

二杯目　ぎゅっとまとめて、伊勢ひりょうず

「急に冷えてきたわねえ」

あー寒い、とトヨさんが肩を震わせながら入ってきたのは、十一月の中頃。店の外では、ごま吉がせっせと落ち葉を掃いていた。

「トヨさん。いらっしゃい」

「こんな日はお酒で温まるに限るわね。ビールと唐揚げお願い〜」

松之助さんにいつもの注文をして、カウンター席に腰かける。鳩時計はついさっき夕方五時を示したところ。今日も今日とて、トヨさんは一番乗りである。

「安定ですね。はい、お冷とおしぼりです」

伊勢で一番重要だとされているお祭り、神嘗祭が終わってからというもの、比較的ゆっくりする余裕があるのか、ここ最近のトヨさんはすっかりグダグダモードだ。

ビールと泡の比率が七対三になるように意識してキンキンに冷えたジョッキを傾ける。完璧に注げたのを確認して小さくガッツポーズしながら、ぐでっと上半身の力を抜いているトヨさんへとビールを渡した。

「お待たせしました」

「ありがとー」

受け取るや否や、そのままぐいっとビールを呷《あお》る。いつ見ても、気持ちのいい飲みっぷりだ。

感心していれば、トヨさんはプハッとジョッキから口を離して「だけど、本当にさあ」と話し始めた。なにに対しての逆説なのか謎だけれど、先ほどまでの話の続きだと思っていいだろう。

「朝と夜がグッと冷えるようになったし、シナさんとかそろそろ大活躍の時季なんじゃない？　ほら、風邪ひいたっていう投稿増えてるわよ」

トヨさんがいじっているのは私のスマホである。貸した覚えもないし、いつの間に取られたのか見当もつかないけれど、それももはや日常のひとつとなってしまっている。慣れって怖い。

そのスマホの画面に映し出されているのは、トヨさんがハマっている、写真や動画を投稿するＳＮＳだった。【#風邪ひいた】で検索をかけると、五万件以上の投稿があった。

「確かに。でも、風邪ひいてもインスタ更新するくらいの元気があるなら大丈夫なんじゃないですか」

「あら。莉子ってば冷めてるわねえ」

思わず皮肉めいたことを呟いてしまった私を、トヨさんは面白そうに笑った。

「よっす、まっちゃん莉子ちゃん！」

「あ、噂をすれば」

タイミングよくやってきたのは、シナのおっちゃんこと『級長津彦命《しなつひこのみこと》』だった。甘い物が大好きなうちの常連さんは「噂ってなんでい？」と首を傾げる。

「急に寒くなってきたから、風邪ひく人が増えてシナさんの残業がまた多くなりそうねって話してたの」

「ああ、そうだなあ。体調管理をしっかりしてもらいたいとこだな！　帰ったら手洗いうがい、それに限る！」

ガハハ、となんとも豪快な笑い声を上げるシナのおっちゃんは、風の神様として祀られている一方で、病気の〝風邪〟の神様としても知られているらしい。昨年の冬も忙しそうにしていたのを、私もよく覚えている。

「本格的に流行りだすのはもうちょいあとやろから、今のうちにシナのおっちゃんも体力温存しときや」

苦笑しながら話に入ってきた松之助さんは「はい、お待たせ」とトヨさんの前に唐揚げを置いた。大好物を目の前にして、トヨさんはすうっと大きく息を吸い込んでいる。

「わ～、いい匂いねえ！　いただきます」

「お、いいなトヨちゃん。俺にもひとつくれよ」

「嫌よ」

ひょいっと手を伸ばしたシナのおっちゃんを一蹴して、トヨさんは手を合わせた。

「ちょっとくらい優しくしてくれたっていいじゃねえかよ」

「まあまあ。あとで黒みつプリン持っていきますから」

しょぼくれたシナのおっちゃんをそう言ってなだめると、おっちゃんは嬉しそうに座敷のほうへ向かっていく。その後ろ姿を見送っているうちに、「よっす」と他の常連さんたちも顔を出し始めた。

続々と来店するお客さんたちにお冷とおしぼりを渡して、注文をとって、飲み物や食べ物を運んで……。ビールのおかわりを要求するトヨさんに途中絡まれつつも、段々と賑わってくる店内を走り回っていれば、いつの間にか鳩時計は午後六時を指していた。

「莉子、これ座敷に持ってってって」

「はい」

松之助さんから受け取った料理を、宴会の始まった座敷へと持っていく。「おー、来た来た！」とおっちゃんたちの嬉しそうな声を聞きながら、すでに空いていたジョッキを回収してカウンターの中に戻った。

今日もこれから忙しくなりそうな予感がする。そう思って気合いを入れようと腕まくりをしたときだった。

「ちわーっす」

ガラッと引き戸の開く音と同時に、うちの常連さんたちにしてはやけにチャラい声がした。

「いらっしゃいませ」

おかわりのビールを注ごうとしていた手を止めて、そう声をかける。入口のほうへと視線を向ければ、見慣れないお客さんが立っていた。

見慣れない、とはいっても服装は他のお客さんたちとよく似た白い着物で腰には黒い防具のようなものをつけている。整った顔立ちをしていて、眉は細く、目はくっきりとした二重だ。

おっちゃんと呼ぶにはいささか若い。私と同世代くらいのように見えるけれど、放っている雰囲気的にも人間ではなく神様だということが分かる。

神様同士の情報共有で、またどこかから噂を聞きつけて訪れてくれたのだろうか。

そう思って隣にいた松之助さんの表情を窺うと、意外そうに顎を撫でていた。

「あら、ニニギくんじゃないの。この辺で会うのは珍しいわねえ」

……ニニギくん？

トヨさんの口から出た名前にどこか聞き覚えがあって首を傾げる。

どこで聞いたんだったかな。

「え、トヨっちじゃん！　おひさ〜元気してた？」

柔和で砕けた口調のご新規さんは、ごく自然にトヨさんの隣のカウンター席に腰かけた。チャラ男顔負けの流れるような動作を呆気にとられて見ていれば、松之助さんにツンツンと腕をつつかれる。

「あ、えっと、お冷とおしぼりです。ご注文がお決まりになりましたら、またお声かけください」

「はーい。ありがとうお姉さん」

我に返り慌ててお冷とおしぼりを置いた私に、ご新規さんはニコッと笑ってみせる。

なんだかまぶしいなと目を細めていれば、松之助さんがこっそりと耳打ちしてくれた。

「『邇邇芸命《ににぎのみこと》』っていう神様やで」

「どこかでお名前を聞いたような気がするんですけど……」

声をひそめて問いかけた私に、松之助さんはゆっくりと頷いた。

「うん。サクさんの旦那さんやよ」

サクさんとは、うちの常連でもある『木華開耶姫命《このはなさくやひめのみこと》』のことである。安産や子授け、縁結びの神様として知られている、桜色の着物がよく似合う美しい神様だ。

「ああ、サクさんの！」

なるほど、それで聞いたことがあったのか。

思わずポンと手を打った私に、トヨさんとご新規さんの視線が集まる。しまった、と焦りながら手を引っ込めれば、ケラケラと笑われる。

「はじめまして。サクの旦那こと、ニニギです。以後しくよろ～」

口調と噛み合わない、やたら改まった態度で、ニニギさんはそう言った。


ひとまず座敷のほうにビールを運び、カウンターの中へ戻れば、ニニギさんはトヨさんと乾杯していた。そして、あまり聞いたことのない単語を出してくる。

「〝天孫降臨《てんそんこうりん》〟……ですか？」

「そそ、俺の伝説。知らない？」

「すみません、あまり詳しくなくて」

正直に謝れば「そかそか、ざんねーん」とニニギさんはウーロンハイに口をつけた。居酒屋に来るのは初めてだというニニギさんに、トヨさんはビールを勧めたらしいけれど、芋焼酎に目が行ったそうだ。ひと口飲んでみて、どうやらお気に召したらしい。ごくごくと喉仏が動いている。

ここに来てくれている神様たちのことはなるべく知っておこうとは意識しているものの、神話や伝説となるとどうにも弱い。いろんな神様たちが出てくるものだから、調べているうちに誰が誰だか分からなくなって何度ギブアップしたことか。

「ニニギさんは、天照大御神のお孫さんなんさ」

私の苦々しい気持ちを汲《く》んでくれたようで、隣から松之助さんが助け舟を出してくれる。

天照大御神様といえば、伊勢神宮の内宮に祀られている、言わずと知れた神様だ。そんな方のお孫さんとは、これまた大物がやってきてくれたものだなあ。

感心していると、ニニギさんが嬉しそうに顔を上げる。

「お、そっちのお兄さんは俺のこと知ってくれてんだね。ありがと！」

「わりと有名やでなあ、ニニギさんは伝説も多いで」

「そうなんですか？」

たとえば、と松之助さんは私に説明してくれる。

「今言うとった天孫降臨っていうのは、天照大御神に任命されたニニギさんが、神様たちの世界から地上界に降り立ったっていう話。そのときに天照大御神が地上の発展を託して授けたとされとるのが〝三種の神器〟と〝斎庭《ゆにわ》の稲穂〟でさ」

「三種の神器は分かります。勾玉と鏡と……剣でしたっけ？」

「ぴんぽーん。正解だよ」

よく分かったね、とニニギさんは笑う。トヨさんは話の内容にさして興味がないようで、むしゃむしゃと唐揚げをつまんでいた。

「〝斎庭の稲穂〟はその名の通り、お米のことなんやけど。『ニニギさんに授けてくれた稲穂がこうして今年も実りました』って天照大御神に感謝をするのが、こないだの神嘗祭なんさ」

「ああ！　そういえば、そんなことも言ってましたね」

つまりニニギさんは、天照大御神様のお孫さんであり、日本を統治するために私たちの世界に来てくれた神様ということか。

なるほどと頷いた私に、ニニギさんは「俺、わりとすごいでしょ？」と鼻を触る。

しかし、そんなニニギさんをトヨさんはジト目で見ていた。

「なに威張ってるのよお。そのあと、あなた散々やらかしてるじゃないの」

「へ？」

首を傾げて松之助さんに視線を向ければ、なんだか困ったように眉を下げている。

さっきまで上機嫌だったはずのニニギさんはというと、なにやら焦ったように両手を振っていた。

「いい、いいい。それ以上言わなくていいよお兄さん！」

「むしろその先のほうが、ニニギくんの性格がよく出てるエピソードでしょ」

トヨさんは呆れたように言い捨てて、ジョッキに口をつける。

「それに関してはもうだいぶ反省してるから〜」

そうやって隠されるほうが気になってしまう。これはもう人間の性《さが》だ。

「やらかしてるってどういうことですか？」

好奇心のままに小声で質問すれば、松之助さんはこっそり教えてくれた。

「地上に降り立ったニニギさんは、サクさんに一目惚《ひとめぼ》れして求婚したんやけど、まあそのときにゴタゴタして。めっちゃ簡単に説明すると、とにかく面食いっていう話があってさ」

「面食い……」

サクさんは神様たちの中でも、とりわけ美しい神様だ。容姿端麗であるのはもちろん、立ち振る舞いやその雰囲気も含めて群を抜いている。

ニニギさんが一目惚れしたというのも普通に納得できるし、それだけで面食いだと言われてしまうのはなんだか理不尽な気がするけれど……。

そんなふうに思っていれば、面食いエピソードには続きがあった。

「いざ結婚ってなったときに、サクさんのお父さん……おやっさんから、サクさんのお姉さんも一緒にどうですか、って提案されたらしくて」

おやっさんとは、夏頃から時折うちに来てくれている『大山祇神《おおやまつみのかみ》』という山の神だ。サクさんのお父さんということは、すなわちニニギさんにとって義理の父になるのか。

「えっと、一夫多妻制みたいなことですよね。姉妹揃って同じ旦那さんに嫁がせようってことですか？」

神様たちの間では珍しくないのだろう。松之助さんはなんでもないことのように「うん」と頷いた。

「でも、ニニギさんはその話を断ったんよな」

「姉妹は気まずいから、とかですか？」

「いや。タイプじゃなかったというか……、不細工やったらしい」

うわあ。なんと世知辛い。

美しいサクさんとだけ結婚して、不細工だったサクさんのお姉さんを追い返してしまったのだという。

チラリとニニギさんを見れば、酔いが回ってきたのか頬が赤くなっていた。へらへらと笑いながら、ウーロンハイをなかなかのハイペースで飲んでいる。

「サクさんのお姉さんは『磐長姫命《いわながひめのみこと》』っていう石の神様で、〝永遠の命が続くように〟って祈りが込められとったんやけど、それをニニギさんが断ってしまったから、みんなに寿命が設けられたんやってさ」

「えええええ」

それじゃあ、ニニギさんがサクさんのお姉さんとも結婚していたら、人間は永遠に生きられたってことだろうか。ニニギさんの好みでそれが決まったのだとしたら、わりとやらかしている神様である。

「それだけじゃないで」

「え、まだなにかあるんですか？」

ぼそりと呟いた松之助さんに、そんな皮肉めいた返事をしてしまった。

「サクさんの出産のときのエピソードって覚えとる？」

「あ、確か火の中で出産したっていう……？」

昔の記憶を辿りながら答える。

可憐《かれん》な見かけとは裏腹に肝っ玉母ちゃんな部分のあるサクさんは、自分で産屋に火を放ったという武勇伝があったはず。

自信はなかったけれど、コクリと頷いた松之助さんの反応を見る限り間違っていなかったらしい。

「そう。そんなことになった原因が、ニニギさんがサクさんに浮気しとるやろって疑いをかけたからなんさ。なんでも、一夜しか共にしてないのにサクさんが妊娠したことが信じられやんかったらしくて『本当にそれは自分の子どもなのか』って。サクさん、ぶち切れやよな」

旦那さんに疑われて、というのは前にも一度聞いたことのある話だったけれど、それに出てくる旦那さんが目の前にいるニニギさんだとは。

実物を目にして話を聞くと、なんともいたたまれない。

「まあ、そこで離婚しやんと、『あなたとの子なら、なにがあっても無事に産めるはず』的なこと言って火の中で産むあたり、サクさんもかっこいいよな」

「本当ですね。私だったら絶対嫌です、そんな旦那さん」

ぽろりとこぼれた本音に、松之助さんは苦笑した。

「そんな感じでいろいろあったんやけど、ニニギさんとサクさんの夫婦関係はそこまで悪くないらしいで。それよりも……」

「ちょっとお、コソコソ話してないで私たちにも構いなさいよお」

話を遮るようにして声をかけてきたのはトヨさんだ。すでにビールは五杯目で、酔っ払っているんだろうと思ってはいたけれど、ニニギさんが来たことでさらにお酒が進んでいるらしい。ニニギさんの肩に腕を回してぐらぐらと揺すっている。

「お姉さん、これと同じのもういっちょ～」

ニニギさんもニニギさんで、空になったウーロンハイのグラスを掲げて、へらりと笑っている。

「すみません、少々お待ちください」

「はーい」

松之助さんの話の続きが気になるなあと思いつつも、新しいグラスに氷を入れて芋焼酎を注ぐ。

「ね、今さらだけど、ニニギくんはどうしてこの店に来たの？」

続けてウーロン茶を加えていれば、トヨさんが不思議そうに尋ねているのが聞こえてきた。手は動かしながら、耳だけそちらに向ける。

「確かに。ニニギさんって宮崎県《みやざきけん》に社があるんと違った？」

松之助さんが確認するように問いかけた。

「そそ。お兄さん、本当によく知ってんだねぇ」

感心したように頷いているニニギさんに「お待たせしました」とおかわりのウーロンハイを渡して、私も再び会話に加わる。

「遠いところからいらっしゃったんですね。サクさんに会いに来られたんですか？」

「ぴんぽーん。ここ数日泊まらせてもらってんだ～」

それでこの店の話を聞いたのだと、ニニギさんはウーロンハイを呷る。

なるほど、と納得する私の隣で、松之助さんはなぜか眉を下げて首を傾げていた。

「ニニギさんがうちに来とるってこと、サクさんは知っとるん？」

「ううんー？　知らないと思うよ。ここのこと聞いたときに、俺も行ってみたいとは言ったけど」

目をとろんとさせながら、ニニギさんは頬杖《ほおづえ》をついている。顔もだいぶ赤いし、できあがってます感が半端ない。

「ん？　じゃあサクちゃんは今、なにしてるの？」

「いや〜、俺もそれを知りたいくらいなんだよね」

トヨさんの質問に、ニニギさんは目を細めた。

「へ？」

まさかの答えを聞いて、私も思わず変な声を出してしまった。

サクさんのところに泊まっていたはずなのに、サクさんがなにをしているのか知らないって、いったいどういうことだろう……。

「なんでか分かんないけど、社に入れてもらえなくてさあ。なんでだろ？」

「………」

それはまた、ニニギさんがなにかやらかしたからでは。

私とトヨさんが抱いた感想は同じだったようだ。トヨさんはじっとりとした視線をニニギさんに向けている。

松之助さんはというと、なんとなくそんな予感がしていたのか「やっぱりか」と呟いていた。

「えっと、……とりあえず謝ったほうがいいんじゃないですか？」

「俺もそう思ったんだけど、全然聞き入れてくれなくてね～。どうしようかなって考えてるとこ」

本当に困っているのか分からないのんきな答えにガクッと拍子抜けする。

「今回はなにやらかしたのよ。心当たりはないの？」

時間にも決まりにもルーズで、そこそこいい加減な性格のトヨさんが、こんな呆れたような口調になるとは。前例があるから仕方のない反応なんだろうけれど。

「うーん。こっち来たの久しぶりだったから、わりと楽しくその辺ブラブラして、ゆっくりしてただけなんだけどな～……あ！　そういえばさ、サクってあんなに食べる感じだったっけ？」

「ん？　前より大食いになってたの？」

「そう。俺、思わず聞いちゃったもん。『太った？』って。いやあ、だってごはん三杯も食べてんだよ、びっくりだよね」

ニニギさんはへらへらと笑っているけれど、完全にそれが原因だろう。食欲の秋だし、いっぱい食べてしまうのは仕方のないことだと思う。

わざわざそれを伝えてしまうあたり、ニニギさんのデリカシーのなさに呆れてしまうというか……、それに怒るサクさんの気持ちもよく理解できる。締め出されて当然である。

そんな呆れが顔に出てしまっていたようで、隣から松之助さんに「そんな顔しやんの」と小突かれた。

「怒ってる理由も分かんないし、社にも入れてもらえないし、サクちゃん行きつけのここに来たら、なんか解決するかな～って思って来たってわけ！」

最悪ここに泊めてもらおうかなあ、なんて悪びれない様子で店内を見回すニニギさんに、私たちは揃ってため息をついた。そのときだった。

――ドスン、ドスン。

店の外から大きな足音が聞こえた。

「あ、おやっさんですかね？」

まさに今、話題になっていたサクさんのお父さん。ニニギさんにとって義理の父である神様の名前を出して、松之助さんに問いかける。

「うわあ……、面倒なことになるわよ」

しかし、松之助さんが返事をするよりも先にトヨさんが顔をゆがめて呟いた。私の隣で松之助さんも困ったようにおでこに手を当てている。

「え？」

いったいどうしたことかとニニギさんを見るけれど、ニニギさんはへらっと笑うのみ。そうしている間にも、大きな足音はこちらへと近づいてきている。

——ドスン、ドスン、……ドスン。

「にゃいにゃい～」

「邪魔するぞ」

ガラッと引き戸が開く。

ごま吉に腕を引っ張られて店に入ってきたのは、立派な黒い髭《ひげ》をたくわえた大柄な山の神。私の予想通り、おやっさんこと『大山祇神』だった。

その隣には白い毛がフサフサと生えたクマのように大きな犬、おやっさんの眷属《けんぞく》である〝わたがし〟がいる。

「おやっさん。いらっしゃいませ」

おやっさんはチラリと私を見て、ゆっくりと頷く。

そのままいつものようにカウンター席に座るのだろうと思って見ていれば、おやっさんの動きがぴたりと止まった。その視線は、トヨさんの隣でウーロンハイを飲んでいるニニギさんへと向けられている。

不思議に思っていると、「あっ」とニニギさんが声を上げた。

「お義父《とう》さん！　ご無沙汰です～」

両手をぶんぶんと振って笑顔で出迎えたニニギさんに、おやっさんは太い眉でピクリと反応を示す。

「……なぜ、ここに」

低く、凄みのある声だ。ただでさえ威圧感があるというのに、いつもの三割増しで不機嫌そうな態度に、私は冷や汗をかいた。

もしかして、だけど。

「仲よくない感じですか……？」

隣に立っていた松之助さんにこっそり尋ねたところ、肯定するように苦笑いが返ってきた。


「俺の愛が足りなかったんすかねぇ〜」

そう言ってニニギさんは、もう六杯目になるウーロンハイに口をつけた。

ポッポ、と壁にかけてある鳩時計が八回鳴いた。座敷のほうの宴会も盛り上がっているようで、ゲラゲラと笑い声が響いている。

カウンター席には、へらへらと笑うニニギさんと、難しい顔をしてお猪口《ちょこ》を持ったおやっさんが、トヨさんを挟むようにして座っていた。

「そういう問題なのかな……」

私の小さな呟きは、誰に聞かれることもなく店内のざわめきに溶けていく。

愛が足りなかったとかいう話ではなく、もっといろいろと原因がありそうだ。デリカシーのなさとか、フラフラした感じとか……。

ニニギさんと出会って数十分しか経っていないけれど、いくつか目星がついた。もし私がサクさんの立場だったとしても、締め出していることだろう。

おやっさんは、サクさんのお父さんである。確か、おやっさんの祀られている『大《おお》山祇神社《やまつみじんじゃ》』はサクさんの祀られている『子安神社《こやすじんじゃ》』のすぐ隣だったはずだ。この二《ふた》柱《はしら》の親子仲はいたって良好だと思われる。

しかし、サクさんのお父さんだということはニニギさんにとっては義理のお父さんになるわけで。もっと言ってしまえば、ニニギさんがタイプじゃないからと送り返したサクさんのお姉さんのお父さんでもあるわけで……なんともややこしい。

「俺、わりとちゃんと愛情表現をしているつもりなんすけどね、伝わってないんすかね？」

そのややこしい関係のおやっさんに、酔っ払ったニニギさんは的外れの相談をしているという構図である。

「……知らぬ」

相談されたおやっさんはというと、バッサリ切り捨てるような答えを返して腕組みをした。

「おーい莉子ちゃん！　注文いいかい？」

た。

「あ、はい！」

噛み合わない二柱のやりとりをソワソワと見ていれば、座敷のほうから声がかかった。

慌てて注文を聞きに行き、空いた食器を回収してカウンターの中へ戻ると、トヨさんが珍しく疲れたような表情を浮かべていた。

「ちょっと飲ませすぎたかしら」

「……ちょっとどころではないだろう」

おやっさんも呆れたようにため息をついてから、「冷やしキュウリはあるか」と松之助さんに聞いた。

「あ、俺もなにか注文するから待って～」

調理に取りかかろうとした松之助さんを呼び止めて、ニニギさんはお品書きを広げる。座敷のお客さんたちから注文を受けた飲み物を用意しながらその様子を眺めていると、だんだんとおやっさんの表情が険しくなっていることに気づいた。

ちょっと順番は前後するけれど、キュウリを先に出しておこう。

そう結論づけて冷蔵庫からキュウリを取り出し、ひと口大に切って器に盛る。そのままおやっさんに渡せば、少し機嫌が直ったのか、その目尻が下がっていった。

こそっと「ありがとう」と耳打ちした松之助さんに「いえいえ」と首を振る。

「んん〜、おいしそうなのばっかで迷うけどな〜……、あ！　この『伊勢ひりょうず』ってやつにしよ！」

「はいよ」

ようやく決まったらしいニニギさんに返事をして、松之助さんは調理に取りかかる。

その一方で私は、あまり聞き慣れないメニューに首を傾げた。

「……ひりょうず？」

ニニギさんの手元にあるお品書きを覗き込むと、確かに一番下のほうに小さく【伊勢ひりょうず】と書かれている。これまでにもきっと誰かが注文していたのだろうけれど、その頻度は少なかったのかもしれない。

「ねえ、松之助。ひりょうずって前からあったかしら？」

私と同じことを考えていたのか、トヨさんが尋ねる。毎日のようにうちに来ているトヨさんがそう言うということは、やっぱりあまり出ていないメニューなのだろう。

「けっこう前からメニューに入れとったけど」

「えっ、そうだったんですか」

松之助さんの答えに衝撃を受けていれば「いや、莉子は知っといて」と呆れたような声が返ってきた。確かに、店員でありながらふがいない。反省である。

「ひりょうずとは、なんだ」

ひとりでシュンとしていると、それまで静かにキュウリを食べていたおやっさんの低い声が響いた。

「水気をきって崩した豆腐に、細かく刻んだ野菜とかつなぎを加えてギュッと丸めて、油で揚げたものやよ。がんもどきって説明したら分かる？」

「ああ！」

がんもどき。それなら分かる。

声を上げた私に、ニニギさんはへらりと笑顔を見せた。

「お姉さんも初知りだったんだ？」

「う……勉強不足なもので……」

正直に認めてうなだれているうちに、松之助さんはお皿に大きなひりょうずを盛りつけていた。

「お待たせしました。お好みでポン酢つけてな」

「うわあ～、おいしそ～！」

ニニギさんの前に置かれたのは、大人の手でグーを作ったくらいの大きさのひりょうずだった。食べやすく半分に切ってあって、カラフルな断面が見えるように盛りつけられている。

感嘆の声を上げてさっそく食べようとしたニニギさんをトヨさんが制止した。

「ニニギくんちょっと待って、写真撮らせて～」

「え？　俺の？」

「んなわけないでしょ」

　トヨさんはひりょうずの周りに置かれていた食器をいそいそと端へ寄せ、スマホを構える。

　ポーズを取りかけていたニニギさんは撃沈していたが、トヨさんが写真を撮りたくなるのもよく分かる。

「ウズラの卵と枝豆とにんじんと……いろいろ入ってて見栄えがいいですね！」

　パッと見ただけでも、真ん中に入っているウズラの卵の黄色に、枝豆の緑色、にんじんのオレンジ色が鮮やかだった。

「ひじき、しいたけ、にんじん、きくらげ、ごぼう、たけのこ、わかめ、枝豆、それからウズラの卵。伊勢ひりょうずは九種類の具が入っとるんさ」

「へえ、具だくさんですね」

　ボリュームがありそうだなと眺めているうちに、トヨさんの撮影タイムは終わったらしい。

「映えたわ～、ニニギくんありがとね」

「なんかよく分かんないけど、トヨっちのお願いならお安い御用っす～」

ようやく食べることを許されたニニギさんは、嬉しそうにお箸を持った。半分に切られているひりょうずをさらにお箸で半分にして、ぱくりとかじりつく。

「どう、どう？」

興味津々で尋ねたトヨさんに、ニニギさんはグッと親指を立てた。

「うっまいよ、これ！」

「え～いいわねえ。ちょっと私にもひと口ちょうだいよ」

「どぞどぞ～」

口をもごもごしながら、ニニギさんはひりょうずの載ったお皿をトヨさんに渡す。

「ん～、食感がいいわねぇ」

トヨさんは口いっぱいに入れて、じっくりと味わっている。

おいしそうに食べる二柱を羨ましく思いつつ、少し視線を横に移動させた。

すると、トヨさんの隣に座っているおやっさんは、どういうわけかまっすぐ正面を向いてキュウリをぼりぼりと噛んでいる。

あれ？　そんなに興味なかったのかな。いや、でも、ひりょうずがどういうものか松之助さんに聞いたのは、おやっさんだったような。あ、そうか、ニニギさんと話すのは気まずいからとか、そういう……。

「お義父さんもどっすか～？」

無反応のおやっさんにいろんな予想をしていれば、トヨさんの向こう側からニニギさんがひょっこりと顔を出して尋ねた。酔っ払い、怖いものなしである。

おやっさんはというと、一瞬ピクリと太い眉を動かした。ギギギ、と音がしそうなくらいぎこちなくニニギさんのほうへ顔を向ける。

「……いや、けっこうだ」

「あ、そっすか～」

低い声で断ったおやっさんに、ニニギさんはへらりと笑う。断られたことに対して特に気に留めた様子もない。強靭《きょうじん》な精神力をお持ちのようだ。どちらかといえば、あっさり引いていったニニギさんにおやっさんのほうが驚いているような感じである。

なんとも複雑そうな表情を浮かべているおやっさんを見ていると、座敷のほうから「莉子ちゃーん！　注文通ってるかい？」と呼ぶ声がした。

やばい。ひりょうずに気を取られて、すっかり忘れていた。

「すみません、今行きます！」

頼まれていたビールを急いで注ぎ、座敷へと向かう。

カウンター席では、微妙な空気感の婿と舅《しゅうと》に挟まれたトヨさんが「私も座敷に行こうかしら」と呆れながら呟いていた。

「また、おいない」

お客さんたちを見送って、赤提灯の明かりを落とす。紺色の暖簾を外して店内に戻ると、すっかり夢の中にいるらしいお客さんたちのイビキがグウグウ、ガアガアと響いている。

時刻はいつの間にか午前二時を過ぎていた。

カウンターの中では松之助さんがお皿を洗っている。

「座敷片付けてきてもらえる?」

「分かりました」

私はブランケットを抱えて座敷へと向かう。お客さんたちを起こさないようにそっとブランケットをかけて食器を回収すると、すかさずキュキュ丸たちが机を磨きにやってきた。

おやっさんの眷属であるわたがしは、入口近くでごま吉と眠っている。ふわふわの尻尾を枕のようにごま吉の頭の下に入れてあげていた。

「こっち置いといて」

「お願いします」

食器を抱えてそろりとカウンターの中へ戻ると、泡の付いた手で松之助さんが調理台を指差した。言われた通りに食器を置いて、私は布巾を持って隣に並ぶ。松之助さんが洗い終えた食器を受け取って、私が拭いていくという流れ作業である。

なるべく音を立てないように気をつけていれば、ふと私たちを観察していたお客さんと目が合った。

「……手早いな」

感心したように小声で言ったのは、店内で唯一起きているお客さん、おやっさんである。わたがしが眠ってしまったため、起きるまで待っているというおやっさんは、ちびりとお猪口を傾けた。

その隣ではトヨさんとニニギさんが仲よくカウンターに突っ伏している。「サクごめんって〜」と聞こえてきた寝言は、ニニギさんのものだろう。

「夢の中でも謝っているのか」

「そうみたいですね」

「懲りないのだな」と呟いて、おやっさんはフンと鼻を鳴らす。その口調は決して厳しいものではなく、仕方ないなという諦めのように聞こえた。

「莉子、残り洗っといてくれやん？　まかない準備するわ」

ある程度片付いたところで、松之助さんはキュッと蛇口をひねって水を止めた。

「分かりました」

頷いて、洗い物を引き継ぐ。

カチャカチャと音を立てずに洗い物をするというのはなかなか難しくて、働き始めてすぐの頃は松之助さんに頼りっぱなしだったけれど、今ではだいぶ静かに洗えるようになったと自負している。

「慣れたものだな」

そんなふうに褒めてくれたおやっさんに少し照れながら、ひたすら手を動かす。

残り少なかった洗い物を終えて、シンクに残っていた泡を流していると、いい匂いがしてきた。

「あ、ひりょうず」

「食べたかったやろなと思って」

調理台に並べられたまかないを見て、私は小さくガッツポーズをした。食べたがっていたのはバレバレだったらしい。

ごはんとお味噌汁《みそしる》、ほうれんそうの和え物にかぼちゃの煮物、その真ん中にどどーんと色鮮やかな断面を見せた伊勢ひりょうずが置かれている。

「わーい。気になってたんですよね」

手を拭いて、折りたたみの椅子をふたつ持ってくる。頭に巻いていた白いタオルを外しながら松之助さんが椅子に座ったのを確認し、お箸とお茶を用意してから私も隣に腰を下ろした。

「おやっさん、ちょっとここでまかない食べさせてもらうな」

「ああ。気にするな」

松之助さんがおやっさんに断りを入れたあと、ふたり揃って手を合わせた。

「いただきます」

「いただきます！」

真っ先に伊勢ひりょうずへお箸を向けた私に、隣で松之助さんが笑う。

「……すみません」

「ええけど。落ち着いて食べな」

ニニギさんがしていたように、半分に切られていたひりょうずをお箸でさらに半分にする。わりと弾力があってずっしりしていた。ポン酢も添えてあったけれど、まずはそのまま食べてみようと、ぱくりと口に含む。

私が抱いていたがんもどきのイメージは、ふにゃっと味が染みて柔らかい、おでんの具材のひとつだった。しかしこのひりょうずは、ふわっとしているけれどぷにっともしていて、かまぼこ感が強い。

噛むと中にごろっと入っている具材のいろんな食感がして、なんとも楽しい。きくらげのコリッとした感じと、ウズラの卵のツルッとした感じが特に気に入った。

「ん〜、おいしいです！」

もぐもぐしたまま目を見開いた私に、松之助さんは「そりゃよかった」と微笑む。

もうひと口、今度はポン酢をつけて食べようか、とワクワクしながら顔を上げると、おやっさんがこちらを凝視していた。

「……ど、どうしました？」

見つめられると、なかなか食べづらいんですけども。そんな気持ちを言外に込めて聞いた私に、おやっさんは「ああ、いや」と小さく首を振ってから、こう問いかけてきた。

「どのような味なのだ」

……やっぱり気になってたんじゃないですか。

思わずそう言ってしまいそうになったのを、すんでのところで止める。

「ニニギさんが勧めてたときに一緒にもらえばよかったのに」

しかし代わりに出てきた言葉も似たようなもので、結果的に私は「あっ」と口を押さえる羽目になった。

隣の松之助さんに助けを求めるも、素知らぬ顔をされた。薄情な人である。

当のおやっさんはというと、この件に関しては自覚があったらしい。いつもはキリッとしている太い眉が気まずそうに垂れていた。

「ニニギさんのことが嫌い……っていうわけではないんですよね？」

ここまで来たら、聞くも聞かないも同じようなものだ。今日のおやっさんの反応を見ていて感じたことを確認するように問えば、おやっさんは苦々しい顔で頷いた。

「しかし、馴れ馴れしくするのも違うであろう」

確かに、ニニギさんは自分の娘の夫であると同時に、自分の娘をフッた相手でもあるわけだ。おやっさんもおやっさんで複雑な心境に違いない。

「大切にしてくれているのは伝わるのだが……」

そこで区切って、おやっさんはため息をついた。

ニニギさんがサクさんのことを大切に想っているのは、私にも分かる。まあ、ちょっとズレているところもある気がするけれど。

「とりあえず、ひりょうず食べてみます？」

この一家の関係性は部外者がとやかく口出しすることではなさそうだ。そう結論づけてひりょうずを勧めた私に、おやっさんはコクリと頷く。

私たちのやりとりを見ていた松之助さんが、新しいお皿を出してくれた。それをありがたく受け取り、私のひりょうずを半分載せる。

「はい。食べかけでもよかったら」

「……鮮やかだな」

九種類の具が入った断面をじっくりと観察して、おやっさんは感嘆の声を漏らした。

凝視しているおやっさんにつられて、私も改めてひりょうずに視線を向ける。

あれだけたくさんの具が見事にぎゅっとまとまって、個々が主張しすぎることなく、しかしインパクトは強烈で、とてもバランスがいい。

「伊勢ひりょうずってさ、食感も味もさまざまな食材がお互いのいいとこを邪魔しやんと、むしろ高め合っとるのがすごいよな」

じっとひりょうずを見つめていた私とおやっさんに、松之助さんは笑いながら話しだす。

「個性を打ち消さずに尊重し合うって、食べ物に限らず、どんな集団でもなかなか難しいことやろけど。それがうまくできると、きっと誰にとっても居心地のいい空間になるんやろな」

もしかして、家族のことを指しているのだろうか。そりが合わなくても、相手のいいところを認めることができたらまとまるのだ、と。松之助さんは、そう伝えようとしているのかな。

「……尊重、か」

松之助さんの語りに、なにか思い当たる節があったのだろう。おやっさんは苦々しい顔をしている。

「それができれば、苦労しないのだがな」

ぼそりと呟いてから、おやっさんはお箸を持った。大きな口を開けてがぶりとかじりつく。

「……これはうまいな」

「でしょう？」

もぐもぐと口を動かすおやっさんにドヤ顔をしていれば、「なんで莉子が誇らしげなん」とすかさず隣からツッコミが入った。

「いやあ、だって、自分がおいしいと感じたものって仲のいい人たちに勧めたくなりません？」

「仲のいい……」

松之助さんに説明している私の言葉になにか引っかかるところがあったらしい。おやっさんがぼそりと呟いていたけれど、松之助さんがまだ納得していなさそうだったため、気にせず続ける。

「それで、自分が勧めたものを相手もおいしいって感じてくれたら嬉しいじゃないですか。喜んでもらえてよかったたって思いません？」

「まあ、それは分からんでもないけど」

松之助さんが頷いたのを見て、私は「でしょ？」とまたドヤ顔を向ける。さすがに鬱陶しかったらしく、軽く小突かれた。

「……悪いことをしただろうか」

「へ？」

不意におやっさんが落とした言葉に首を傾げる。

「好意を無下《むげ》にしてしまったな」

まるで独り言のような、でもしっかりと聞こえる声でおやっさんは呟いた。その視線は食べかけの伊勢ひりょうずに向けられている。

もしかして、私がさっき言ったことをニニギさんに照らし合わせたのだろうか。せっかく勧めてくれたのに断って悪かったなあと後悔しているのだろうか。

「いや、俺がおやっさんやったら同じ反応したと思うで」

少し落ち込んでいる様子のおやっさんにそう声をかけたのは松之助さんだった。

「そこは別におやっさんが反省しやんでいいに。ただ、サクさんの幸せを考えたったらいいんと違う？」

「娘の幸せ……か」

なるほど、と鼻を鳴らしたおやっさんは、ちょっとすっきりしたような顔をしていた。そのまま残りのひりょうずを全部食べて、ガタンと立ち上がる。

「いい話を聞いた」

満足げな表情を浮かべて、おやっさんは眠っているわたがしの頭を撫でる。起きるまで待つと言っていたけれど、どうやらもう帰ることにしたようだ。

私と松之助さんがまかないを食べていた手を止めて、見送ろうと席を立ったときだった。

「……おい、起きぬか」

目を覚ましたわたがしと連れ立っていくのかと思えば、おやっさんはニニギさんの肩を揺すった。

まさかニニギさんも起こすとは。予想外のおやっさんの行動に衝撃を受けている私をよそに、ニニギさんは「んあ〜?」と伸びをする。

「なにい?　まだ朝じゃないん……って、え、ええええ?」

ニニギさん自身もおやっさんに起こされるとは思っていなかったらしい。一気に目が覚めたのか、パチパチとまばたきをしている。

「朝ではない。が、婿殿は早く帰るべきだ」

「いやいやお義父さん、俺が今帰ったところで入れてもらえないっすよ〜」

へらっと諦めたように笑ったニニギさんに、おやっさんはフンと鼻を鳴らす。

「婿殿ひとりではそうかもしれぬな」

「ひとりでは……って、え、ええええ?」

それって、つまり……。

びっくりして思わず固まった私の背中を、トンと松之助さんが押した。

あ、そうだ。お見送りしないと。

おやっさんがガラッと引き戸を開けた。寒い秋の風がヒュウッと入ってくる。

「急がぬか。仲介してやろうと申しているのだ」

おやっさんが、ドスンと大きな一歩を踏み出す。それに続いて眷属のわたがしも「わっふ」と鳴いた。

「お、おおお、お義父さあああん！」

その後ろをニニギさんがバタバタと嬉しそうに追いかけていく。

「また、おいない」

いつか、みんなで揃って来てくれたら嬉しいなあ。

星空の下、松之助さんの隣でニニギさんたちの賑やかな後ろ姿を見送りながら、私はそんなことを思った。

三杯目　年越し餅は粘り勝ち

「莉子は年末年始、どうするの？」

そんな話題がトヨさんから振られたのは、十二月の下旬、クリスマス（うちの客層的にはほぼ関係なかったのだけれど）も終わり、いよいよ一年が締めくくられようとしているときだった。

初詣に合わせて、大晦日《おおみそか》から五日頃まで、伊勢神宮は夜間や早朝にも参拝できるように開放されているらしい。お客さんたちは飲み納めとばかりに注文を飛ばしてくる。キュキュ丸たちもフル稼働で、食べかすを拾ってくれていた。

「どうするって」

……言われてみれば、考えていなかった。

昼夜逆転の生活で毎日がドタバタと過ぎ、曜日感覚もなくなった今日この頃、世間の流れに完全に置いていかれている。ちなみにクリスマスも、デートやパーティーをしたという投稿であふれかえっていたSNSに、布団の中からちまちまと『いいね』するだけで過ぎていった。

そして年末年始も、みんな忙しそうだなあ、なんて他人事のように思っていた。

「莉子ちゃーん、こっちビール追加で！」

「あ、はーい！　トヨさんちょっと飲んでてください」

すでに五杯目のビールで酔っ払いと化しているトヨさんには少し待ってもらうこと

にして、座敷のほうから聞こえてきた声に返事をする。

ビールと泡の比率を気にしながら注いで持っていき、空いていた食器を回収してカウンターの中に戻ったところで、「さすがに休みなしってことはないわよねぇ」と松之助さんに詰め寄っているトヨさんと目が合った。

「莉子、ダメよそんなお人好ししてたら。休みは権利なんだからね、もぎ取りに行かなきゃ」

強く語るトヨさんに「はあ」と気の抜けた声を返す。この居酒屋で働き始める前、たった三カ月で辞めた会社に勤めていたときだったら、きっと休みをもらうことに必死になっていただろうな、とぼんやり考える。

「俺のことダメな経営者みたいな感じで言わんといてくれる？」

「あら、違うの～？」

酔っ払いトヨさんからの圧にグッと負けそうになっている松之助さんは見ていて面白い。笑いそうになるのを堪えていれば、めざとく見つけた松之助さんに小突かれた。地味に痛い。

「年末年始のことはちゃんと話そうと思って、ずっと後回しにしてただけやし」

「いやいや、後回しにしすぎじゃないですか？」

もう三日もしないうちに新年ですけど、と思わず口を挟んだ。かく言う私もまったく頭になかったわけで、松之助さんを茶化す資格は持ち合わせていないんだけれども。

「年末年始なんてね、私たちは一年の中で一番忙しい一週間なんだから。それこそサボる暇もないくらいよ。店に来るような客は誰もいないでしょ」

責めるような口ぶりのトヨさんに、松之助さんは「だから、言おうとしてたって」とそっぽを向いた。

ここで働き始めてから、お休みはポツポツとあるものの、まとまった休みとなると長らくもらっていなかった。それもそのはず、なんたって平日も土日祝日も関係のない神様たちを相手にした飲食業。ゴールデンウィークもお盆もあってないようなものだった。

それ以上に、このお店で働く毎日が充実していたから、別に休みが欲しいと思わなかったというのも大きな理由なのだけれど、今それを話すとややこしくなりそうなので黙っておくことにする。

「さすがにお正月くらい実家に帰らないと、莉子のお母さんも悲しんでるわよ」

「へ？」

ほら、とトヨさんに見せられたのは、勝手にいじられていた私のスマホだった。その画面には【帰ってこれそう？　デパートでおせち予約したよ】というお母さんからのメッセージが表示されている。

「ちょっとトヨさん、スマホいじってもいいけどメッセージは見ないでよ」

「あ、それはごめん。通知来たときに指が当たっちゃって。でもほら、帰ってあげないとおせち余るでしょ？」

「はあ」

日持ちはするだろうし、おせちが余ったところで大して困ることもないだろうけれど。

気の抜けた返事をした私に、松之助さんが口を開いた。

「ほんまはもっと前に話そうと思ってたんやけど。そういうわけで大晦日から正月三が日までは店も閉めとくで、休みってことでお願いできる？」

年末年始のお休みを伝えるだけなのに、なんでこんなギリギリなんだろう。後回しにしたくなる理由でもあったのかな。

ちらっとそんな考えも頭をよぎったけれど……。

「はい、分かりました。……あははっ」

松之助さんのどことなくバツが悪そうな様子がおかしくて、私はやっぱり噴き出してしまった。チョップが飛んできたのは言うまでもない。

「松之助、あなたもだからね」

「ん？」

私たちのやりとりを見ていたトヨさんは、なんのことだととぼけた表情の松之助さんに、続けてこんな言葉を口にした。

「実家に帰ってあげなさいって話、莉子だけじゃなくて、松之助もね」

「……………」

松之助さんは口をつぐんで、ゆっくりとトヨさんから顔を背ける。まるで子どものようなる仕草にピンと来た。

なるほど。つまり、自分が実家に帰りたくなかったから、ずっと黙っていたということか。

松之助さんが後回しにしていた理由が、とてもよく分かった。


『あ、もしもし莉子ちゃん？　そこに松之助おる？』

そんな電話が松之助さんの実家である伊勢の老舗料亭『きくのや』からかかってきたのは、日付けが変わった午前二時のことだった。店内にはお客さんたちのイビキが響いている。電話の向こうにいるのは弟である竹彦さんだろう。

「いるっちゃいるんですけど……」

受話器を耳に当ててチラリと様子を窺えば、松之助さんは腕で大きくバツを示していた。出たくないという意思表示である。

言葉を濁した私の耳に、電話越しで笑い声が聞こえてくる。竹彦さんのことだ、きっとこの展開も予想していたのだろう。

「すみません」

『あー、いやいや。なんとなく分かっとったし』

実家との折り合いがあまりよくないという話は、松之助さんから聞いたことがある。神様たちのことが〝見える〟体質である松之助さんはご両親から気味悪がられていた時期があったそうで、少し複雑な関係なのだとか。しかし、それは昔のことであって、今はわりといい距離感でいるのだろうと思っていたのだけれど。

「なにがそんなに嫌なんだろう……」

思わず呟けば、電話の向こうの竹彦さんがその理由を教えてくれた。

『手伝いが嫌なんさ』

「……手伝い？」

てっきりご両親や親戚の方々に会うのが気まずいとか、そういう話かと見当をつけていたら。予想外の言葉に首を傾げる。

『うちの店、お正月とか特に稼ぎ時なんよな。親戚みんなで集まって、ちょっといいとこでごはん食べよか、みたいな感じで来てくれるんよ。すでに予約でいっぱいなんやけど、バイトの子らに無理させるわけにもいかへんし、ちょっと人手不足でさ。松之助がおってくれると助かるんやけどなあ』

「……つまり、きくのやさんのお手伝いをするのが嫌だってことですか？」

『いかにも』

それはまた、子どもみたいな話だ。いや、でもせっかくの休みに働いてって頼まれるのは確かに面倒かもしれない。

いまだにバツを示したまま腕を下ろさずにこちらを窺っている松之助さんがなんとも素直で可愛く見えてくる。

『難しいかもしれやんけど、莉子ちゃんからもちらっと帰るように伝えといてくれやん？』

「はい。言うだけ言っときますね」

『いつも頼んでばっかでごめんなあ』

申し訳なさそうな声で竹彦さんが謝ってきた。

「お安い御用です」と了承すると、ホッとしたようなため息が聞こえてくる。

『じゃあ、ちょっと早いけどよいお年を』

「よいお年を」

そう言って電話を切り、松之助さんを見る。受話器を渡されずに済んだことで気が抜けたのか、ふうと息を吐いていた。

「……松之助さん」

「分かっとるって」

絶対分かってないじゃん。そうツッコミを入れたくなるような返事をして、松之助さんはそっぽを向く。

キュキュ丸たちがせっせと床を磨いてくれているのを眺めながら、私はどうしたものかと腕組みをした。


「じゃあ、莉子は座敷、ごま吉は店先、キュキュ丸たちは全体を磨いてもらうってことで」

大晦日の夕方。松之助さんから担当場所を伝えられた私たちは、各自大掃除に取りかかった。本当はもう少し早い時間から掃除するべきなんだろうけれど、いつもと違う時間に起きるのはなかなか苦痛で、ついつい二度寝をしてしまった結果である。

今日のうちから実家に帰ることもできたけれど、ごま吉やキュキュ丸たちに掃除を任せるのもちょっと忍びなかったし、松之助さんがちゃんと実家に帰るのかどうかも気になるところだった。あと、松之助さんと過ごす年末年始もちょっと楽しそうだな……と思ったのは私だけの秘密。

そんなこんなで、伊勢で年越しをしたあと、予約の取れた新幹線に乗って帰ることにしたのだ。

雑巾を固くしぼって、畳の隅から拭いていく。普段キュキュ丸たちが掃除をしてくれているおかげか、そこまで汚れはたまっていない。さすが、優秀なお掃除隊である。

「キュッキュッ」

机の上や窓、床。キュキュ丸たちがころころと転がったところから、ツヤツヤと磨かれて綺麗になっていく。小さいため広い範囲を掃除するのは少し時間がかかりそうだけれど、いつも以上にちょこまかと動いてくれているから、特に問題はなさそうだ。

「なかなか落ちやんなあ」

カウンターの中では、松之助さんが換気扇とガス台の掃除をしていた。腕まくりをして、ため息をついている。

「換気扇ですか？」

揚げ物の注文は毎日のようにあるし、換気扇の掃除は特に大変そうだ。そう思って声を張ると頷きが返ってきた。

「うん。けっこう強敵やな、これは」

「油、よく使ってますもんね」

座敷を拭き終えて指示をもらおうとカウンターの中へと戻る。ついでにどれどれと流しを見れば、換気扇のフィルターがドンと陣取っていた。

ある程度の汚れは落ちたみたいだけれど、隙間にはまだ茶色い汚れがこびりついているため、つけ置きをしているようだ。もうしばらく時間をかけるらしく、松之助さんはゴム手袋を外して折りたたみの椅子に腰を下ろした。

「ちょっとストーブつけてもいいですか？」

すかさず私も休憩しようと、隣に椅子を出して提案してみる。

空気が閉じこもらないように、窓と引き戸を少しずつ開けてある。年末の寒い風がピュウッと入ってくるため、店の中全体はとても冷たかった。

「同じこと思っとったわ」

近くにあったストーブのスイッチを入れて、温まるのをふたりで待つ。

チラリと引き戸の隙間から外の様子を窺うと、掃除を始めた頃に聞こえていたザッザッというホウキの音はしなくなっていた。店先の掃除を任されたごま吉もきっと隙を見てサボっていることだろう。

「キュッキュッ」

私たちが椅子に座ってじっとしている間にも、キュキュ丸たちはせっせと掃除を続けてくれている。

真面目な働き者がいてくれて、本当にありがたいなあ。

キュキュ丸たちの働きに感謝をしていれば、チチチッとストーブのつく音がした。

「はあ、あったかい」

「さすがに寒かったなあ」

そう言って両手をこすり合わせる松之助さんと一緒に、私はストーブを囲んだ。

「結局、莉子は明日に帰るんやな？」

「あ、はい。明日のお昼の新幹線が取れたので、間に合うように名古屋まで出ます」

問いかけに答えると、松之助さんは「そうしな」と頷く。

「ちなみに松之助さんはどうするんですか？」

「キュッキュッ」

近くにいたキュキュ丸も、同調するように鳴き声を上げた。

「ほら、帰ったほうがいいってキュキュ丸も言ってますよ」

真意はどうだか分からないけれど、タイミングがよかったのをいいことにキュキュ丸もこちら側に巻き込んだ。幸い味方についてくれたようで、抗議されることもなかった。もしかすると、キュキュ丸も松之助さんが帰るべきだと本当に思っているのかもしれない。

しかし松之助さんは、私には実家に帰ったほうがいいと勧めるくせに、自分のこととなると目を逸らす。その話題から逃げようとしているのがはっきりと感じ取れたため、私は続けた。

「お手伝いはそりゃ大変かもしれないですけど、きっとご両親や親戚の方は会いたがってると思いますよ」

「キュキュッ」

そうだそうだ、とばかりに、店のあちこちに散らばっていたキュキュ丸たちが集まってくる。本気で私に加勢してくれているようで、なんとも心強い。

「ほら、竹彦さんだって気にしてくれてましたし」

「キュキュッ！」

私が言葉を発すると、そのあとに続いてキュキュ丸たちも声を出す。まるでデモ隊のようだ。

それにしても、キュキュ丸たちが私たちの言い合いに参戦してくるのは珍しい。なにか理由でもあるのだろうか。

たとえばホウキの付喪神は掃除が好きだけど、住人の心の環境も整えてくれるらしい。だからか、そこに住んでいる人々が仲よくしないと気に食わないとか。

そんな感じかなあ、と予想していれば、松之助さんの空返事が聞こえてきた。

「あーうん。そやなあ」

「いや、感情こもってなさすぎですよ！」

思わずツッコミを入れる私に、松之助さんは苦い顔をした。

「そんなこと言ったって、せっかくの休みまで働かされて、しかも自分の好きなようにできるわけちゃうから周りにも合わせやなあかんし。そもそも友だちも少なくて、コミュニケーション下手な俺にはちょっとしんどいわ」

「それはそうかもしれないですけど……って、自虐ですかそれ」

なんとかして松之助さんの口から『実家に帰る』という言葉を引き出せないものか。そう試行錯誤していたときだった。

「キュキュー！」

「えっ？」

突然、キュキュ丸たちの甲高い声が一斉に聞こえた。驚いてそちらを見れば、いつもは虹色がかっているキュキュ丸たちが、なんだか鈍い色をしている。お互いに身を寄せ合って、波打つように全身を動かしていた。

「ど、どしたのキュキュ丸……」

「うわ、久々やな」

ぼそりと呟いた松之助さんは、苦笑いを浮かべながら頭を抱えていた。

「久々って、どういうことですか？」

いったいなにが起きたのか、見当もつかなくて首を傾げる。そんな私に、松之助さんは言いにくそうに口を開いた。

「ボイコットやに」

「……ボイコット?」

予想外の言葉にキョトンとして聞き返す。

するとさっきまでせっせと掃除をしてくれていたキュキュ丸たちはプンと怒ったように二階へと駆け上がっていった。


「昔はよくあったんさ」

ずず、とお茶を飲みながら松之助さんは話しだした。

キュキュ丸たちを怒らせたままの状態でゆっくりしている場合ではないような気もする。けれど、キュキュ丸たちの機嫌を戻さないことにはうちの店の大掃除は終わらない。

案の定、店先で寝転んでいたごま吉も呼んで、私たちは作戦会議をすることにした。

「よくあったって、ボイコットですか?」

「にぎゃっ!」

私も同じくお茶をすすって質問する。

隣でごま吉も同じようにお茶を飲もうとして、その熱さにびっくりしたらしい。涙目になりながらも、席から離れようとはしない。どうやら真面目に参加するつもりのようだ。

それにしても、ボイコットって。私たちのおしゃべりを、サボっていると思ったのだろうか。

「うん。そもそもキュキュ丸は古いホウキの付喪神なんやけど、そのホウキは俺がここに来る前からあったものなんさ」

「じゃあ、キュキュ丸たちは前の住人のときからここにいたってことですか？」

松之助さんはコクリと頷いて、二階へとつながる階段を見上げた。

踊り場の辺りで一匹、ひょこりと跳ねては身を隠している。ボイコットしながらも私たちの様子はそれとなく窺っているらしい。

「店を始めようと思ったとき、いろんな不動産を回ったんやけどさ。ここだけ他に比べてめちゃくちゃ安かったんよな」

「格安物件ってことですか」

「まあ、訳あり物件ってところやな」

訳あり物件。まさかの単語に、一瞬固まってしまう。

え、訳ありって、前に住んでいた人に不幸があったとか、幽霊とか、そういう類の話だよね？　私、そんな物件だとも知らずに一年近く住んでいたってこと？　今さらながらの衝撃的事実だ。

そんな気持ちが顔に出ていたのだろう。私を見て、松之助さんは苦笑した。

「俺も最初は同じこと思ったんさ。でも、そのときなんて高校出たばっかやし資金なんて限られたもんやったから、とりあえず見学してみようかなって。それで見に行ったら、確かに訳ありやったんやけど……」

「えっ、やっぱり訳ありなんですか」

うわあ。どんな気持ちでこれから住めばいいんだろう。明日から実家に帰るし、そのまま戻ってこないでおこうか。

そんなことまで考え始めた私に、松之助さんはこう言った。

「キュキュ丸たちがおったん」

……なるほど。そういうことか。

確かに、他の人たちには神様の姿は見えていない。付喪神であるキュキュ丸も同じで、私たち以外の目には映らないのだろう。

「前の住人が掃除上手やったみたいで、キュキュ丸たちはよっぽど気に入っとったらしい。しかもキュキュ丸たちは、警戒心も忠誠心も人一倍強くて。だから、前の人がいつでも戻れるようにって、新しい住人が来るたびに嫌がらせして追い出そうとしとったらしくてさ」

「い、嫌がらせ?」

「わざと一箇所にゴミを集めたり、廊下をツルツルに磨いて転ばせたり、まあそういう地味な嫌がらせ」

普段の真面目な姿からは想像できない話だ。呆気にとられてポカンと口を開ければ、松之助さんは懐かしそうに話を続ける。

「不動産の人の話によると、前に住んどったのは二十代半ばくらいの夫婦やったらしくてさ。いつも笑い声が聞こえてくるような家で、外で会ったときも感じよく挨拶してくれて、若いのにしっかりしとったって聞いた」

「キュキュ丸たちは、そのご夫婦のことが大好きだったんですね」

ぽつりと口を挟むと、「そうやったんやろなあ」と松之助さんは頷いた。

「これはあとから調べて知ったことなんやけど、ホウキの付喪神で『箒神《ははきがみ》』っていう神様……いや、あれは妖怪なんかな？　まあ、そういうのもおるみたいで」

「ははきがみ、ですか。ちょっと検索してもいいですか？」

初めて聞いた名前が気になって、スマホを取り出す。インターネットで【箒神】と検索すると、画像一覧にはなんだかおどろおどろしい妖怪のようなイラストが出てきた。

「……なんか、キュキュ丸とはかけ離れた感じの神様ですね」

画像のひとつをタップして、別のサイトへと移動する。そこでは箒神の詳しい説明がずらずらと書かれていた。

　ざっと目を通していると、ある一部分が気になった。

「あ、それ。俺も気になったやつや。ホウキでゴミや邪気を掃き出すっていうのが出産にもつながっとるって話やろ？」

「安産？」

　まさにその通りの内容がサイトにも載っていた。キュキュ丸に、というかホウキの付喪神にそんなご利益もあるとは。なんだか意外に思えるけれど、次の松之助さんの言葉で私は納得してしまった。

「ちなみに、前住んどった夫婦は子どもを三人授かったらしいで」

「わ、そうなんですか！」

「それがキュキュ丸のご利益かどうかは分からんけど、そんなわけでもっと大きい家に引っ越してったらしいで。けど、キュキュ丸たちは思い出がいっぱい詰まったここを守りたかったんかな、とか思ったり思わんだり……。まあ、俺にはキュキュ丸たちのことも見えとるし、訳ありの理由も判明したから、この物件を買い取ったんさ」

　なにも見えていない人たちからしてみれば、キュキュ丸たちの嫌がらせは得体のしれない恐怖感があるだろう。しかし見えているとなれば話は別だ。犯人は小さくて丸くて可愛い、コロコロとしたキュキュ丸たちなのだから、怖いわけがない。

「にゃいにゃーい」

ほう、と頷いている私の膝にごま吉が乗ってくる。

真面目な顔でコクリコクリと大きく頷いているごま吉は、松之助さんに恩を感じてここで働いているらしい。誰からも目を向けてもらえなかったごま吉を煮干しで救ってくれた松之助さんが大好きなのだとか。

しかし、キュキュ丸たちが雇われているのはまた違った理由があるのだろう。

「俺が最初ここに住み始めたときは、なかなかやったで」

「な、なかなかとは？」

興味本位で尋ねた私に、松之助さんは遠い目をした。

「そりゃもう、俺がさっき掃除したはずやのにってところにゴミ集められとるし、試作して置いといた料理も知らん間に食べられとるし」

「それはなかなか、地味なやつですね」

想像して、なんとも微妙な気持ちになる。被害がすごく大きいわけではないけれど、やられ続けるとじわじわメンタルを削られる嫌がらせだ。

「まあ、俺もそのときは若かったし、根性で勝負しとったとこもあったから、結局粘り勝ちみたいな感じじゃやったけど」

「な、なるほど……？」

意地の張り合いみたいな感じで、キュキュ丸たちが根負けした形になったのか。それで嫌がらせが終わったのは分かるけれど、どうしてキュキュ丸たちはこの店を手伝っているのだろう。昨日の敵は今日の友、みたいな？

腕組みをしながら考え込む私の膝の上で、ごま吉が「にゃい？」とマネして腕組みをしようともがいている。短い前足でうまいこと組めないようで、不思議そうにもがいているのがなんとも愛らしい。

そんな私たちを見て、小さく笑いながら松之助さんは続けた。

「キュキュ丸たちは、この場所が汚れるのが許せやんみたいでさ。俺の掃除の仕方が気に食わんかったらしくて、そっから手伝ってくれるようになって」

キュキュ丸たちからしてみれば、仕方ないから手伝ってやるよ、という気持ちだったのだろう。これまでのキュキュ丸たちのイメージと少し違う過去が面白い。

「で、なにも対価がないのもあれやし、キュキュ丸たちにも一応まかない出しとるんさ」

キュキュ丸たちの場合、食事ではなく掃除することがエネルギーになっているみたいだけれど、料理も喜んで食べるのだという。お客さんが頼んだ珍しいものを分けてもらって嬉しそうにしているところは、確かにこれまでにも見たことがある。カラフルで可愛い生姜糖をもらったときには、特に嬉しそうだった。

キュキュ丸の雇用形態に納得している私の隣で、「さてと」と松之助さんが腰を上げた。

「そろそろ、おびき出してみよか」

「……はい？」

おびき出す。そう言って松之助さんは、奥のほうからお餅を出してきた。

ガス台の掃除もまだ終わっていないというのに、料理でもするのだろうか。

「ストーブで焼こか」

「……それでおびき出すんですか？」

どうしてこの流れで、松之助さんはお餅を焼こうとしているのだろう。疑問に思いながら問いかけてみるものの、松之助さんは「まあ見とき」とどこか自信ありげに胸を張った。

「にゃいにゃーい！」

お餅を見て、ごま吉がはしゃいだように声を上げる。

その声を聞きつけたのか、二階に隠れていたキュキュ丸たちが階段のところからひょっこり顔を出しているのが見えた。いったいなにが始まるのだと、ソワソワしているようだ。

「年越し餅って聞いたことある？」

不意に松之助さんが私を見た。

年越しそばなら知っているけれど、お餅はあまり聞いたことがない。正直に首を横に振る。

「除夜に伊勢神宮の神苑大《しんえんおお》かがり火《び》で焼いて食べるお餅は、無病息災《むびょうそくさい》の奇譚《きたん》ありって言われとるんさ」

「え、かがり火でお餅焼いていいんですか？」

かなり意外で驚いた私に、松之助さんはコクリと頷く。

「外宮でも内宮でも、お餅配っとるくらいやからな。観光協会の人らが振る舞っとるんさ。まあ、もうこの時間からやとちょっとずつ人も増えてきて大変やろけど」

鳩時計はいつの間にか夜の八時を指していた。年越しというには少し早いけれど、伊勢神宮で年越しをしようとする人は多いのだろう。

松之助さんはストーブの上に網を載せて、その上に丸いお餅を並べていった。

ごま吉は目をキラキラと輝かせてその様子を見ている。きっとキュキュ丸たちも近くで見たいんだろうけれど、ボイコットしている手前、出てこられないのだろう。チラチラとこちらを窺いながら、ツヤッと全身を光らせている。

「海苔《のり》もあるし、砂糖醤油でもいいし、あ、きな粉もあったなあ」

松之助さんはわざとらしく声を張りながら、お餅につける調味料を準備していく。キュキュ丸たちが一段、また一段と階段を下りてくるのがなんとも可愛い。

「莉子はどれで食べる？」

「うーん、どれもいいなあ……」

「にゃい！」

ごま吉は海苔をぺたんと触っていた。いそべ餅も確かにおいしそうだ。無難に砂糖醤油もいいし、きな粉も捨てがたい。どんな味付けをしようか迷っていると、並べられたお餅のうちのひとつがぷくっと膨れてきた。

「おおっ」

「にゃ！」

「焼けてきたなあ」

なにを隠そう、ストーブでお餅を焼くのは初体験だった。思わず感嘆の声を上げた私とごま吉に、松之助さんが頷く。

「実はな、キュキュ丸たちの大好物なんさ」

「えっ？」

私だけに聞こえるよう声を潜めた松之助さんの顔を見る。ごま吉はお餅に夢中で、こちらの話など興味なさそうにお尻を振っていた。

「それこそ、キュキュ丸たちと仲よくなったきっかけが、何年か前の大晦日なんやけど。今みたいに年越し餅焼いてたらソワソワし始めてさ」

あれはなかなか面白かったなあ、と呟いた松之助さんは左の口角だけを上げて笑っている。

お餅を焼けばキュキュ丸たちが寄ってくるということを知っていたから、おびき出すために松之助さんはこうしているのか。

みるみるうちに他のお餅もぷっくりと膨れ上がってきて、茶色い焦げ目がつき始める。ほんわりと香ばしい匂いも漂っていた。

「そろそろよさそうやな」

そう言って松之助さんが網をストーブから下ろす。しっかり焼けているお餅に、私はごくりと唾を飲み込んだ。

調理台をささっと拭いてお皿を置く。網からお餅を外してから調味料と合わせれば、いろんな味のお餅ができあがった。

「よし、そしたら、ごま吉も莉子も一緒に手を合わせて――」

「キュ！」

みんなで『いただきます』をしようと構えていると、甲高い鳴き声が聞こえてきた。

松之助さんは「作戦通り」とにんまりして、階段のほうに視線を向ける。

すでに一番下の段まで下りてきていたキュキュ丸たちが、一列に並んでこっちを見ている。その色は鈍い色ではなく、いつも通りの虹色に戻っていた。

「……キュキュ丸たちも食べるか？」

きっと、キュキュ丸たちは松之助さんのこの言葉を待っていたに違いない。

「キュキュ！」

嬉しそうに鳴いたキュキュ丸もいたかと思えば、仕方なさそうにのっそりとこっちへやってくるキュキュ丸もいる。

「こうやって見ると、キュキュ丸って個性豊かですね」

「そやなあ」

丸いお餅をお箸で小さくちぎって、近寄ってくるキュキュ丸たちに配っていく。ごま吉は我先にと、ひとつ、ふたつ、とお餅に手を伸ばしていた。

「莉子はどれ食べるか決まった？」

「えっと、全部の味食べたいですけど、まずは砂糖醤油で」

みんなに食べられてしまう前に、自分のお餅を確保しようとお箸を伸ばした。ぷっくりと膨れ上がっていたお餅はシュンとしぼんで、焦げ目はパリッとしている。

焼きたてのお餅を砂糖醤油につけて、ぱくりと半分ほど頬張れば、みょーんとお餅が伸びた。シンプルなお餅だけれど、甘じょっぱくてもちもちしていて、焦げたところが香ばしい。

実際に伊勢神宮のかがり火で焼いたお餅ではないけれど、こうしてお餅を食べて無病息災を願う年越しもありだなあとしみじみ思った。

再就職できますようにと伊勢神宮を参って、なんやかんやと縁あってここで働くことになり、ドタバタと過ぎていったこの一年。楽しいことのほうが圧倒的に多くて、とても充実していた。

来年も賑やかな一年になったらいいなあ。そしてこれから先もまた、こうやって松之助さんたちと年越しをしたいなあ。

「おいしい～」

「にゃいにゃい～」

味わう私の膝の上で、ごま吉も至福の表情を浮かべていた。キュキュ丸たちもみんなお餅に夢中だ。

松之助さんはそんな私たちを見て、「単純やなあ」と笑った。

「キュキュ丸たちの機嫌も直ったみたいやし、これ食べたら大掃除再開しよか」

「そうですね」

松之助さんの提案に頷いていれば「にゃいっ!?」と切なげなごま吉の声が聞こえた。

おいしくお餅を食べて終わりだと思っていたのか、掃除の再開がよっぽどショックだったらしくお餅を喉に詰まらせかけていた。どこまでも自分の欲望に忠実な招き猫の付喪神である。

しかし、松之助さんの言葉に反対したのがもうひとり……いや、ひと団体。

「キュキュッ！」

「……ん？」

それぞれ好みの味のお餅を手に入れて頬張っていたキュキュ丸たちが、また険しい顔をして声を上げた。

なにがまだ気にいらないのだろうと疑問に思って観察していれば、キュキュ丸たちは一斉に動きだす。

「え、どうしたのキュキュ丸……」

呆気にとられてその動きを眺めていると、次第にキュキュ丸の集まりが文字に見えることに気がついた。

「〝い〟？」

松之助さんもキュキュ丸たちの意図を察知したらしい。完成した一文字を読み上げると、キュキュ丸たちはまた違う動きをして別の文字を表現した。

「〝え〟」

できあがるたび、松之助さんと声を揃えて読み上げる。次はどうやら〝に〟を作っているようだ。

最後の文字ができあがると、私は思わず笑いそうになってしまった。

「〝いえにかえれ〟……家に帰れだって。松之助さん」

「ど直球やな」

それはなんと、里帰りをしろというキュキュ丸たちからのメッセージだった。

松之助さんの現在の住まいはこの店だ。わざわざ帰れと伝えるくらいだから、きっと家というのは松之助さんの実家を意味しているのだろう。

キュキュ丸たちがボイコットしたタイミングというのも、今思い出してみれば、実家に帰る、帰らないの話をしていたときだった。キュキュ丸たちは真面目に掃除せずサボっていた私たちに拗ねていただけではなく、実家に帰りたがらない松之助さんにイライラしていたということだろうか。

そう考えると、キュキュ丸はなかなかに家族想いなんだろう。安産のご利益があるというのもあながち嘘《うそ》じゃないような気がしてくる。

「……分かった分かった」

フッと気の抜けたように松之助さんが笑みをこぼす。意地を張るのはやめたようだ。

「ちゃんと実家に帰るから、その間もこの店のこと、綺麗にしといてくれやん？」

そうお願いするように言った松之助さんに、キュキュ丸たちは「キュッ！」と嬉しそうに声を揃えた。

「よし。じゃあ、ちゃんと明日には実家に帰れるように、掃除を終わらせないとですね」

気合いを入れようと腕まくりをした私に、松之助さんは「そやな」としぶしぶ頷く。

キュキュ丸たちはお餅を食べたおかげでパワーが出たのか、さっきの二倍のスピードで店内を転がりだした。唯一、ゆっくりとお餅を味わっていたごま吉だけが「にゃいい……」と不服そうな声で鳴いていた。

もうすぐ、新年がやってくる。

この場所での初めての年越しに少しだけワクワクしながら、大掃除を再開すべく、私は松之助さんと一緒に立ち上がるのだった。

四杯目　想いを込めたアワビ串

『バレンタインどうしよ』

「ふぐっ」

電話の向こうで大学時代の友人である葉月《はづき》がぽつりと呟いた言葉に、私は思わずむせてしまった。

節分を過ぎた二月上旬、昼の十二時半。葉月の会社のお昼休みであるこの時間に、わりと定期的に連絡を取っていた私たちだったけれど、こんなふうに突拍子もない相談をされるのはちょっと心臓に悪い。……しかもその内容が、自分にも関係してくるようなものであれば、余計に。

『去年は手作りのチョコレートケーキにしたんだけど、もう付き合いが長すぎてレパートリーがなくなってきたわ』

「そういえばそうだったね」

葉月には学生のときから付き合っている彼氏がいる。それこそもう五年ほどの付き合いになるのではないだろうか。

この話題が葉月との間にのぼるのも毎年のことで、付き合いだしてすぐのバレンタインには王道の生チョコ、二年目にはトリュフ、三年目にはちょっと頑張ってフォンダンショコラ……と思い返してみると、レパートリーがなくなってきたと嘆くのも分かる気がする。

こうして大半のカップルが、イベントとか面倒くさいや、となっていくんだろうけれど、葉月たちがそうならないのはやっぱり仲がいいからなんだろう。あと単純にイベントごとが好きっていうのもあるとは思う。

『莉子はなんか、うどん？　みたいなの作ってなかったっけ？』

「うどんね、伊勢うどん。作った作った」

正確に言えば、初恋の相手が忘れられなくて逆チョコの代わりに伊勢うどんを作る神様の応援をしていた、なんだけれど。説明しだすと長くなるので、話は合わせておく。

『あれはあれで斬新だったよね。チョコであふれるインスタの中でひときわ目立ってたし、こういうのもありだなーって思った』

「そ、そう？　ありがとう」

相槌を打ちながら、もうあれが一年前のことになるのか、とこっそり息を吐いた。なんだかすごく感慨深い。

いつの間にやら、このお店で働き始めて一年が経っている。

去年のこれくらいの時季には大雪の中、〝まなごさん〟こと『真奈胡神《まなごのかみ》』がやってきて、ほろりほろりと涙を流して身の上話をしてくれたのだった。ちょうどその頃バレンタインデーの存在を知り、好奇心に満ちたトヨさんの餌食になってしまっていたのも懐かしい。

結局、まなごさんは伊勢うどんを手作りして、ずっと忘れられなかった相手に想いを届けたんだっけ……いや、想いを届けるよりも前に去っていってしまったんだっけ。

そのときの手作り伊勢うどんを、トヨさんが私のアカウントでSNSに投稿していたものだから、葉月もこういう話を振ってくるわけなんだけれど。

『莉子は？　今年はどうするの？』

「こ、ここ、今年もなにも、渡す相手もいないんですけど!?」

思わず力の入った返しをしてしまった。そこを鋭く察知してくるのが、葉月である。

『え？　なにその反応。渡す相手いるでしょ、あの、ほら、ひとつ屋根の下の』

「そ、そういうんじゃないって！」

『なに、フラれた？』

「フラれてないけど！」

そこまで言って、ハッと我に返る。隣の部屋ではまだ松之助さんが眠っているはずだ。あまり大きな声を出すと、起こしてしまう。

雑誌や服で散らかり放題になっている畳の上を、ひょいひょいっと足の踏み場を探しながら静かに六畳の部屋を出た。大きな音を立てないように気をつけつつ、そろっと階段を下りる。

『じゃあなに？　やっちゃった？』

「オブラートに包んでもらえるかな⁉　そんなんじゃないから、本当に」

身もふたもない話をしてくる葉月にツッコミを入れながら、いつもトヨさんが座っているカウンター席に腰かけた。

座敷で丸まって眠っていたごま吉が、私に気づいて「にゃい～」とすり寄ってくる。キュキュ丸たちは厨房《ちゅうぼう》でつまみ食いでもしていたのか「キュキュッ！」と慌てたように掃除に戻っていった。

『いや、いい年した男女が一緒に住んでてなにもないって、どういうことよ？』

そんなこと言われても、なにもないものはなにもない。私ひとりではどうにもならない案件である。

私がそう伝えると、電話の向こうで葉月は面白くなさそうに『ぽやぽやしてる間に、誰かに取られちゃうかもよ』と鼻を鳴らす。

その言葉が心のどこかに引っかかったのには、知らないふりをした。

「莉子は？　バレンタインどうするの？」

「うぐっ」

デジャヴを感じる話題は、トヨさんから振られたものだ。鳩時計は午後七時を示していて、店内はざわざわと賑やかだった。

さっと松之助さんに視線を向けると、調理に集中しているらしく私たちの会話は聞こえていなかったようだ。

少しホッとしながらトヨさんに視線を戻すと、その顔はニヤニヤと笑っている。

「松之助のこと確認する必要あるんだ～？」

「な⁉」

わりと大きな声を出してしまった私に、キュキュ丸たちが「キュッ」と反応する。

慌てて口を手で覆えば、トヨさんは面白そうに私を見ていた。

「別に、どうもしないですよ」

「へえ？　義理チョコ渡さないの？」

「あ、いや、なんだ義理チョコの話か……」

ぼそりと呟けば、ゆるゆると口角の上がっているトヨさんが「本命の話だと思ったの？」と茶化してくる。

「バレンタインどうするって聞かれたら、そっちだと思うじゃないですか」

「へえ、そういうものなのねえ」

なにか言いたげな表情を浮かべて、トヨさんは小首を傾げる。

「お！　なんだい、莉子ちゃん。今年はチョコ作るって？」

お手洗いにでも行く途中だったのだろうか、たまたま通りがかったシナのおっちゃんが、なかなかの大声でそう聞いてきた。

「つ、作らないです！　渡すにしても多分市販のやつですから」

焦って早口になりながら、さっさとおっちゃんを追いやろうとしたものの、大の甘い物好きはそれだけで引っ込んでくれるわけもなく。

「ええ？　手作りのほうが想いが込もっていいんでねえのかい？」

「想いを込めるつもりはないですってば！」

「そうなの～？　市販のやつなら渡すつもりあるのね～？」

純粋に不思議がっているシナのおっちゃんと完全に冷やかしモードのトヨさんに挟まれてわちゃわちゃとしている間に、松之助さんが調理を終えてこちらへと寄ってきた。

「はい！　はい解散！」

慌てて手を振った私に「なんの話してたん？」と空気を読まない松之助さんが問いかけてくる。

「なんでもないです。松之助さんには一ミリも、これっぽっちも関係ない話だったので！」

「お、おお……？」

思わず力のこもった言い訳をしてしまい、松之助さんが若干引いていた、そのときだった。

「つ、疲れたあ……」

ガラッと引き戸の開く音がしたかと思えば、そんな声が聞こえた。視線を向けると、そこには水色の着物に身を包んだお客さんがいて、ふうとため息をついていた。

見覚えのない神様だ。ご新規様だろうか。首を傾げながら、その姿をこっそり観察する。

長く艶やかな髪は少し青みがかっている。帯飾りはピンク色で、サンゴのような形をしていた。

「久しぶりやなあ、お疲れさま」

隣に立っていた松之助さんがそう言って微笑む。

「よっ、人気者」

「ここ数年でドカンと人気爆発してるわねえ」

他のお客さんたちとは、どうやら顔見知りらしい。みんなに声をかけられながらカウンター席へと腰かける。

「……人魚姫みたい」

「わ、嬉しい」

ぽつりと呟いた私に、お客さんはにこりと笑った。

「ちょっと前まで、私もわりと常連だったんだよ」

トヨさんと乾杯をして、ふてくされたようにカウンターでビールを呷っているのは、さっき来てくれたお客さんだ。

「そやな。石神《いしがみ》さん、トヨさんと同じくらいの頻度で来てくれとったでな」

「ええっ」

頷いた松之助さんに驚いていれば、お客さんと目が合う。

「知らない間に可愛い店員さんまで増やしちゃって。意外とやるわね、松之助」

「は、はじめまして。濱岡莉子といいます」

可愛いなんて言われ慣れないお世辞にどぎまぎしながら挨拶をすると、お客さんは微笑んだ。

「はじめまして、莉子ちゃん。『玉依姫命《たまよりひめのみこと》』といいます……が、みんな私のことは石神さんって呼んでくれてるから、そっちのほうが馴染みやすいかな」

「石神さん、ですね」

よろしくお願いします、と頭を下げていれば、隣から松之助さんが解説してくれる。

「伊勢の隣の鳥羽市《とばし》って分かる？」

有名なところだ。

行ったことはないけれど、名前はよく耳にしている。海が綺麗で、真珠や水族館が

「あ、はい」

頷いた私に、松之助さんは説明を続けた。

「石神さんは鳥羽にある『神明神社《しんめいじんじゃ》』に祀られとる神様で、地元の海女《あま》さんたちに昔から親しまれとるんやけどさ。〝女性の願いならひとつは必ず叶《かな》えてくれる神様〟として知られとるん」

そんな素敵な神様の存在を、どうして今の今まで知らなかったのだろう。ぜひともお参りに行きたい。いや、目の前にいらっしゃるのだから、拝んでおけばいいのだろうか。

いろんな想いを込めてじっと見つめすぎたのか、石神さんはキョトンと不思議そうな顔をしていた。

「オリンピックで金メダル獲った選手が石神さんのお守りを持っとった、ってことから火がつき始めて。少し前に流行った海女さんの朝ドラの影響もあって、今人気急上昇中なんさ」

なるほど、それは人気が出るわけだ。ただでさえ魅力的な〝女性の願いならひとつは必ず叶えてくれる神様〟っていうキャッチフレーズがあるのに、そこに話題性も加

わったら、観光客は放っておかないだろう。

「今じゃ、こうして飲みに来られるのも年に一回とかになっちゃったわ」

嬉しいことではあるんだけど、と呟いて石神さんはジョッキに口をつける。

カウンターの上を転がっていたキュキュ丸たちは石神さんと久しぶりに会えたのが嬉しいみたいで、近くに集まってきていた。石神さんはキュキュ丸たちをひとつひとつ指で撫でて、こちょこちょと遊んでいる。

「本当は今日もお願い事いっぱいされちゃったから、ここに来てる場合じゃないんだけどね。ほら、見て」

そう言って石神さんが出してきたのは、絵馬のイラストが描かれたピンク色の紙の束だった。

「わ、これ祈願用紙？　いっぱい書いてあるわねえ」

どうやらそれは、参拝客のお願いが書かれた用紙らしい。トヨさんがその中から一枚を手に取って、興味深そうに眺めている。

カウンターの中から見る限り、【よいご縁がありますように】【好きな人と結ばれますように】といった恋愛系の内容がほとんどだ。

「もうすぐ恋のイベントがあるみたいで、ここ数日はなかなかに忙しかったんだよ。息抜きしなきゃやってらんなくて」

なるほど。バレンタインデーに合わせて参拝客も増えているということか。それにしても、ひとりひとりのお願いにちゃんと目を通してそれを必ず叶えてくれるとは、なんとも律儀な神様だなあ。

「大変ねえ。なにか手伝えることがあれば手伝うんだけど」

唐揚げをつまみながらトヨさんはわざとらしく呟いた。バレンタインを楽しみたいがための発言だろう。

全力で野次馬になろうとしているトヨさんに呆れていると、意外にも石神さんは「手伝ってもらえるなら手伝ってもらいたいな」と呟いていた。猫の手も借りたい状態なのかもしれない。

もう一度、ピンク色の紙の束に視線を向ける。ざっと見た感じ、軽く五十枚は超えていそうな感じだ。これは確かに、ちょっと大変そう。

「……ん？」

ふと、その中の一枚に目が行った。

「どうしたの、莉子」

「あ、いや、これはどういう意味なのかなって思って」

気になった一枚を指差せば、トヨさんも不思議そうに首を傾げる。

「【ちゃんとさよならできますように】……？　なんかざっくりしたお願いねえ」

恋愛系のお願いが並ぶ中、そんな抽象的なお願いが紛れ込んでいた。

「さよならって……誰とかしら？」

「うーん……。たまにあるんだよね、こういうお願い。本意を調べるのにも時間かかるから、ついつい後回しにしちゃって」

できることならちゃんと叶えてあげたいんだけど、と石神さんは眉を下げる。

他の祈願用紙はわりと具体的なお願いなのに加えて、日にちと名前もしっかり記入してあるものがほとんどだ。しかし、この【ちゃんとさよならできますように】と書かれた用紙にはそれ以外の情報がいっさいない。これじゃあ、後回しにしてしまうのも分かる気がする。

「だけど、なんだか気になりますね。このお願い」

ぽつりと呟いた私に、石神さんもトヨさんも軽く頷いた。

「この子の顔とか覚えてないの？　石神さんって、わりとお願いに来た子たちのこと覚えてるわよね？」

「覚えてるよ。これは地元の子がお願いしてったやつだね」

さすが、律儀な神様である。トヨさんからの問いかけに、石神さんはそう答えた。

「小さい頃からよく知ってるんだけど、こういうお願いの仕方をしてくるのは初めてだなあ」

「え？　お願いって、何度もしていいものなんですか？」

てっきり、ひとりひとつだと思っていた。尋ねた私に、石神さんが「いいのよ」と微笑む。

「女性のお願いを必ずひとつ叶えるっていうのは、一生にひとつだけじゃなくて。ひとつの願い事が叶ってお礼参りに来てくれたら、またひとつ新しい願い事をしてもいいの」

「へええ、太っ腹ですね」

その懐の深さに感心しながら話を聞いていくと、これまでのお願いはちゃんと具体的に書かれていたのだという。だとすると、ますますこの願い事の真意が気になるところ。

「ねえ、莉子。明日ってあなた予定ある？」

考えを巡らせていれば、不意にトヨさんがそんなことを聞いてきた。

明日の予定なんて、昼過ぎまで寝てここで働く以外なにもない。

「特になにもないですけど……？」

正直に答えてから、少し後悔した。トヨさんの口元が綺麗な弧を描いている。これはまたなにか企んでいる顔である。

「じゃあ、決まりね」

「へ？」

そしてその予感は、わりとよく当たってしまう。

「このお願いをしに来た子に、直接会いに行っちゃお」

「えっ」

「わ！　鳥羽まで来てくれるの？」

ルンルンと声を弾ませたトヨさんと、期待に満ちた表情を見せる石神さん。昔はほぼ毎日一緒に飲んでいたという仲よし飲み仲間の二柱に迫られて、断ることができるような強さは持ち合わせておらず。

「……何時くらいにしますか？」

少しの好奇心も抱きながら返事をした私に、二柱はシメシメと笑った。


「わあ、田舎ねえ」

翌日、午後一時。すっきりと晴れた青空の下、私とトヨさんは石神さんが祀られている社のある鳥羽市でグッと伸びをした。

伊勢市駅から電車に揺られること二十分、そこからさらにバスに揺られること四十五分。辿り着いたのは磯の香りがする海女さんたちの町、『相差《おうさつ》』というところだった。

「わざわざ来てもらってありがとね。社はここから歩いて五分くらいだから」

バス停で出迎えてくれた石神さんは、そう言って私たちの前を歩いてくれる。

伊勢は年がら年中、観光客で賑わっているけれど、ここに来るまでの道のりは、かなりのどかな空気が漂っていた。しかし、この相差という町には、やっぱり人が集まるようだ。

周辺には旅館が立ち並び、魚介を焼いている露店や小さなお土産屋《みやげや》さんもあり、平日の昼間でありながら活気づいているように思えた。

「わりと駅からも距離があるのに、人が多いですね」

「休日と比べたら全然。暇なほうよ」

細い坂道をのぼりながら石神さんは首を横に振る。バス停からここまでのわずかな距離で、すでに四組ほどの観光客とすれ違っているけれど、人気パワースポットである神明神社は休日に比べて空いているようだった。

「へえ、すごいわねえ。あっ、こっちのお店は牡蠣《かき》焼いてる！」

トヨさんはウキウキが止まらないようで、あっちこっちに視線を向けては感嘆の声を漏らしている。

「あ、ねえ莉子、あっちはアワビがあるわよ！　海女さんの獲ったアワビだって！」

大興奮のトヨさんにつられて視線を向けると、確かに大きく【アワビ】と書かれた張り紙がある。アワビなんて高級食材、名前を聞いただけでもよだれが出そうだ。

「トヨさんの食欲もすごいもんだね」

浮かれ気味のトヨさんに石神さんは苦笑しながらも、どこか嬉しそうに見えた。自分の社周辺を褒められて、鼻が高いのだろう。

「はい……。ところで、このお願いをした子から話を聞くにしても、どうやって探すんですか？」

私はスマホを耳に当てながら、楽しげな二柱へと視線を向けた。こうしているのは、神様たちの姿が見えていない他の人たちに独り言の多いヤバいヤツだと勘違いされないよう、過去の失敗をもとに通話中を装っているのである。

「昨日お願いしに来たんだとしたら、そんな連日ここに来ますかね？」

そもそも、いくら地元の子だとはいえ、この時間帯にその子が周辺にいるとも限らない。そんな可能性を示唆した私に、トヨさんはハッとしたように目を開く。

「そ……そういうことは早めに言ってよ」

そこまで考えていなかったという表情を浮かべた。

「あはは、確かに。まあなんとかなると思うけど」

先頭を歩く石神さんは笑いながら頷いている。なんとも楽観的な神様である。でも、どうにかしてしまえそうな感じがするのも否めない。

ふと神社に行きたくなる心理現象を、『神様に呼ばれる』と表現することがあるらしいけれど、実際にトヨさんが呼んでいるところは何度も見たことがあるし、私自身も呼ばれてこの職に就いているわけだし。今回もきっと見つからなかったら、願い主へ念を飛ばすつもりでいるのだろう。

「その、お願いをしてきた子っていうのは、いくつくらいなんですか?」

「昨日は制服を着ていたから、多分、高校生だと思う」

思い出しながら答えてくれたであろう石神さんには悪いけれど、私はそれを聞いて頭を抱えたくなった。

たとえその子を見つけられたとしても、どうしてお願いのことを知っているのか怪しまれるのは間違いないだろうし、そもそも私は見ず知らずの女子高生に声をかけても大丈夫なんだろうか。万が一、通報でもされたら……。

自分の今日の服装を見て、ううんと頭をひねる。

白いケーブルニットに黒いスキニーパンツを合わせて、足元は歩きやすいようにスニーカーを履いてきた。暖かさ重視でライトグレーのコートを着てきたけれど、もう少し若者っぽいコーディネートをしておけばよかった。

「着いたよ。ここが私の社」

考え事をしているうちに、石神さんの社に到着したらしい。目の前には石でできた鳥居があった。両脇には、【神明神社】と書かれたのぼり旗がずらりと並んでいる。

神社ならではの神聖な空気を吸い込んでいると、石神さんはさらにその奥へと進んでいく。

「んー、いい雰囲気のところねぇ」

「でしょ？」

「空気も澄んでて気持ちいいですね」

トヨさんと石神さんと会話しながら砂利道をゆっくり歩く。道の左側には木々が生い茂っていて、右側にはいくつか社があった。ひとつめの小さな社も、ふたつめに見えた赤い鳥居の整列もスルーして、石神さんは歩を進める。

さらにその先にあった、もう一箇所の赤い鳥居も通り過ぎる。どこまで行くのだろう、と思いながらふと視線を左に向ければ、そこには丸い絵馬がずらりと並んでいた。

「うわあ……！」

思わず声を上げて立ち止まると、前を歩いていた石神さんは振り向いて「ああ」と少し照れくさそうに頬をかく。

「それね。お礼参りに訪れた人たちが書いてくれたものなの」

「すごい数ですね」

あまりジロジロ見るのはよくないかなと思いつつ、みんながどんなお願いを叶えてもらったのかが気になって、そのうちのひとつをサッと読む。

【昨年、第一子を授かりました。お願いを叶えてくださり、ありがとうございます】

「あら、こっちの子は生理痛が和らいだって書いてあるわよ」

声に出すのは控えたというのに、隣でトヨさんはじっくりと絵馬を凝視している。

「トヨさん、そんな堂々と……」

一応、咎《とが》めてはみたものの、そんなお願いも叶えてくれるんだ、と感心する。

「お願いを叶えるとね、こうやってお礼の絵馬を書きに来てくれる人が多くて。感謝されると、もっと頑張ろうって思っちゃうんだよね」

この慈悲深さこそが、石神さんが多くの人に支持されて人気のパワースポットになった理由のひとつなのだろう。

二柱がまじまじと絵馬を読んでいる隙に、私も失礼にならない程度に他の絵馬もザッとチェックしてみる。やっぱり恋愛や結婚、妊娠、出産に関するお願いが多かった。

石神さんってすごいんだなあ、と改めて感じながら視線を動かすと、その隣にあった看板が目に入る。

「手づくりお守り……？」

書かれていた文字をそのまま読み上げると、それまで絵馬を見ていたトヨさんも

「どれどれ」とやってきた。

「えーっと、なになに？　【麻の生地を伊勢志摩の土で染めました。海女の磯着に貝《かい》紫《むらさき》で文字書きしたデザインです】だって」

「そうそう。このお守り、ひとつひとつ手作りでね、なかなかに好評なのよ」

石神さんは誇らしげに胸を張った。

「へえ。星のマークが可愛いですね」

白っぽい六角形の生地に、紫色の文字とマーク。看板に載っているお守りの写真を見て呟いた私に、石神さんはさらに説明をしてくれる。

「このマークはね、〝ドウマン・セイマン〟っていうおまじない。こっちの星は一筆書きで、同じ場所に戻ってこられますようにっていう願いが込められていて、こっちの格子は魔除けを表しているの。海から無事に帰ることができるように、海女さんたちが潜るときに着ている服に記しているのよ」

あっちの社務所で授けているから、また帰るときにでも寄っていって。石神さんの上手な宣伝にコクコクと頷けば、微笑みが返ってきた。

「私の社はそっちなんだけど、先に本殿をお参りしよっか」

「そうねえ。順序は大事だものね」

トヨさんは大きく頷いて、石神さんの提案に賛成した。外宮を参ってから内宮へ行く、というのが伊勢神宮の正式な参拝順序だけれど、内宮だけを参って帰ってしまう人が多いと日頃嘆いているトヨさんらしい。

　手を洗ってから参道の一番奥へ進むと、立派な本殿があった。ずっと耳に当てていたスマホをポケットにしまってから、小銭を賽銭箱《さいせんばこ》に投げ入れて鐘を鳴らし二礼二拍手をする。手を合わせてお祈りをしたあと、もう一度深く一礼をして振り返ると、二柱は「ばっちり」と丸印をくれた。

「あれ、あっちにあるのは……？」

　本殿のすぐ横。参道の一番突き当たりにあった【長寿の館】と書かれている祠《ほこら》に首を傾げれば、石神さんは「ああ」と頷いた。

「あそこに祀られているクスノキは、長寿の守り神でね。その昔、源平合戦に敗れた源氏が身をひそめたと言われてるの」

「へえ、それはぜひともお参りしたいです！」

　特に長生きにこだわりはないけれど、健康第一でありたい。周りに人がいなかったのをいいことに小さく手を挙げて歩を進めた私に、二柱は特に文句も言わずついてきてくれる。

　長寿の館には、大きな枯れ木が祀られていた。その手前に置かれていた小さな賽銭箱にお金を入れて手を合わせようとすれば、思い出したように石神さんが声をかけてきた。

「そのクスノキを触って祈願するといいよ」

「触っちゃってもいいんですか？」

「うん」

てっきり触らないほうがいいのかと躊躇していたけれど、石神さんが許可をくれたのであれば大丈夫なのだろう。念のため、立てかけてあった板を見ると、【優しく触ってください】との注意書きがあった。

そっと手を当て、『健康でいられますように』とお願いをすれば、なんだか身体が軽くなったような気がした。

「よし。それじゃあ、私の社も案内するね」

私が再びスマホを耳に当てたのを確認してから、石神さんは今来た参道を戻っていく。お礼の絵馬がたくさん並んでいる辺りで、「ここだよ」と立ち止まった。

絵馬が並んだちょうど向かい側。石でできた鳥居がひとつ、そしてその周りを【慈《じ》母《ぼ》石神《いしがみ》】と紫色の文字が書かれた白い旗が囲っている。立て札には丁寧に【石神さん】と書かれていた。

「旗、すごいですね」

「うん。この辺りの町内会や婦人会の方からのものなんだけど。慈母ってちょっと照れるよね」

迷わず奥へ向かう石神さんに声をかけると、そんな謙虚な言葉が返ってきた。

ぺこりと一礼して鳥居をくぐると、小さな社があった。これまた【石神さん】と書かれた提灯がふたつぶら下がっていて、石神さんが地元の人々に愛されているのがひしひしと伝わってくる。

「それで、ここからどうする？」

私がじっくりと社を観察していると、後ろでトヨさんがワクワクしたように聞いてきた。

「そうだね、そもそもこの時間にあの子が暇なのかどうか微妙なところではあるんだけど」

「あ、確かにそうですね」

高校生なのだとしたら、平日の昼間なんて学校があるに決まっている。

「一回ここから出て、どっかおいしそうなお店でごはん食べて観光するっていうのはどう？　そう、それがいいんじゃないかしら？」

いいこと思いついた、とでも言わんばかりの勢いでトヨさんはそんな提案をした。むしろ観光することがメインだと錯覚しそうになるくらい目が輝いている。

だけど、このままここで待っているのも時間がかかりそうだ。どうせ鳥羽へ来たなら少しいろんなところを回っておいしいものを食べたい気もする。

「せっかくですし、そうし——」

「あっ」

そうしますか、と続けようとしたときだった。石神さんが短く声を上げた。

なにかあったのだろうかと首を傾げれば、砂利道を歩くザッザッという足音が聞こえてくる。

「あの子だわ」

「へ」

なんとタイミングのいい話だろう。

石神さんの視線の先にいたのは、濃い紺色のブレザーとスカートに身を包みピンクを基調としたチェック柄のマフラーに顔をうずめた、女子高生だった。

学校はどうしたのか、という疑問はひとまず置いておこう。こんな偶然はなかなかないだろうし。

「ど、どうしましょう」

「どうするもなにも、声かけてみてよ～。頑張れ～」

「タイミングよくてびっくりするね。今日も来てくれたってことは、お願いし直しに来たのかな？」

小声で尋ねた私に、トヨさんも石神さんものんきにそんなことを言っている。全然役に立ってくれないので知恵をもらうのは諦め、耳に当てていたスマホをコートのポケットに突っ込んだ。

女子高生はまだこちらに気づいた様子もなく、ザッザッと砂利道を進んでくる。怪しまれず、お願いのことにも少し触れられるような、そんな声のかけ方って……。ぐるりと周りを見回せば、視界に入ってくるのは石神さんの社。【お願い箱】と書かれた木箱が設置されているのを見て、思いついた。

「あ、あの」

社まであと数メートルというところで、女子高生は私の存在に気づいてくれたようだ。目が合ったので、意を決して声をかけてみる。

「地元の方ですか？　お願いの仕方を教えてもらいたいんですけど……」

「あら、なかなか考えたじゃないの～」

「莉子ちゃん、冴《さ》えてるね」

他の人には見えていない、聞こえていないのをいいことに、好き勝手言っている二柱のガヤを聞きながら女子高生の反応を待つ。

「あ、はい。こっちに祈願用紙があるので、それに書いてお願いしてください」

快く頷いてくれた女子高生にホッとしながら、わざとらしく「どれですか？」と尋ねてみる。せっかくだし、私もちゃんとお願いをさせてもらおう。

「いいわよ莉子、その調子〜」

ニヤニヤと楽しんでいる様子のトヨさんを無視して私は女子高生のほうへと近寄り、祈願用紙の入っている場所を教えてもらう。

「これにお願いを書いて、そこのお願い箱に入れてください」

「あ、あー、なるほど」

「それじゃあ」

「えっ」

ぺこっと頭を下げてそのまま去っていってしまいそうな女子高生に、思わず声を上げてしまった。

だけど確かに、これ以上教えてもらうことはない気がする。よくよく見れば、祈願用紙のすぐ近くには【石神さん　ご参拝方法】と丁寧に説明が書かれた張り紙まであるし。

立ち止まってこちらを怪訝《けげん》そうに見ている女子高生になんと言えばいいのだろう。

「あ、えーっと……、ここの神様って、女性のお願いなら必ず叶えてくれるんですよね？　それって本当ですか？」

動揺しすぎて、完全に挙動不審な感じになってしまっている。なんとか話をつなげようとそんなことを聞けば、後ろで石神さんが「私、わりと頑張ってるのに」としょんぼりしていた。

石神さんを信じていないような発言をしたのは申し訳ないけれど、それ以外に話題が思いつかなかったのだ。あとでちゃんと謝っておこう。

こっそり反省していると、目の前にいた女子高生はなにやら不満げに私に視線を向けていた。

「石神さんは、ちゃんとお願いすれば叶えてくれます。たまに叶わなかったって言う人もいるけど、それは多分お願いの仕方が悪かったんだと思います」

「お願いの仕方が悪かった……って?」

予想以上に食いついた女子高生に、さらに質問を重ねる。

「抽象的すぎるお願いはよくないって聞きます。たとえば〝幸せになれますように〟ってお願いされても、その人にとっての幸せがどういうことかは石神さんに届かないし、漠然としてて叶えようにも叶えられないんじゃないですか？　もっと具体的に、いつまでにこうなりたいっていうのを書いたほうがいいです」

「なるほど。詳しいですね」

さすが地元の子だなあ。素直に感心している私の後ろで、石神さんも「よくぞ言ってくれた」と嬉しそうだ。

「じゃあ、いつも具体的に書かれているんですか?」

私が尋ねると、それまで熱弁していた女子高生はぴたりと動きを止めた。

「……いえ」

小さな声で返事が聞こえる。

これはもしや、作戦成功だろうか。そう思って様子を観察していれば、次第に女子高生は俯《うつむ》き始めた。

どうしたのかと顔を覗き込もうとすると、スンと鼻をすする音がする。

「え、あ、あの?」

「……莉子、もしかしてだけどあなた、泣かした?」

焦る私の後ろで、トヨさんがそう呟いた。


「私、もうすぐ高校を卒業して、こっちで就職するんです」

社の前で立ち話もなんだからと、境内にあった長椅子にふたり並んで腰かけた。

『すみません』と頭を下げて私の差し出したティッシュを受け取った女子高生は、渚《なぎさ》ちゃんというらしい。高校三年生で、学校は自由登校になっているのだとか。平日の昼間にここへ来ても大丈夫なわけだ。

疑問だった点がひとつ解消されて納得していれば、渚ちゃんは言葉を続けた。

「友だちは地元で就職する子もいるんですけど、外へ出ていく子もいるし、大学に進学する子も少しいたりして」

「ばらばらになっちゃうんですね」

〝ちゃんとさよならできますように〟というのは、このことだろうか。そう思って聞いていると、後ろの二柱がなにやら騒がしい。

「いや〜、普通の友だちと離れ離れになるだけで、あんな書き方しないでしょ」

「やっぱ男の子絡みかな？　彼氏かな？」

うーん、トヨさんの意見は確かに一理ある。友だちと離れるのはそりゃ寂しいし悲しいだろうけれど、神様にお願いしに来るほどのことではないような気がする。

「じゃあ、彼氏さんとも遠距離になっちゃうんですか？」

「かっ⁉」

かまをかけて聞いてみれば、渚ちゃんは動揺したのか勢いよく顔を上げた。

「彼氏はいません！　……うん、彼氏ではないです」

石神さんの予想は当たりだったようだ。顔が赤くなっているところを見るに、彼氏ではないけれど、まあいい感じの好きな人というところだろう。

高校三年生にしてはなかなかピュアな反応だなあと思っていると、私が聞くより先に渚ちゃんは話し始めた。

「……彼氏ではないんですけど、ずっと好きだった子がいて。毎日一緒に登下校したり、何人かで遊んだりしてた子で」

「えっ、一緒に登下校してたの？　それって付き合ってなかったんですか？」

思わずツッコミを入れてしまった私に、渚ちゃんは苦笑する。

「周りの友だちにもよく聞かれるんですけど、付き合ってはいなくて。幼なじみというか腐れ縁みたいなもので」

「え～、それ絶対にお互い好きなやつじゃない！　じれったいわねえ」

トヨさんはまさに今私が思ったのと同じことを口にして、ひゃあと盛り上がっている。

私も、少女漫画とかでよくあるやつだ、とニヤけそうになったけれど、ここで口角を上げてしまったらダメな気がする。この話の続きはちょっと切ないはずだから。

「県外の大学に進学するって言われたんです。航大《こうだい》は……あ、航大っていうんですけど、昔から頭よかったから、高卒じゃもったいないって私も思うんですけど」

県内ならともかく、県外ともなるとなかなかの遠距離だ。幼なじみで毎日一緒に登下校していたのなら、かなり寂しくなる気持ちも分かる。

加えて、自分は地元で就職するのに好きな人は自分の知らない世界に行ってしまうと考えると、とても不安だというのは想像に難くない。

「もうすぐ、第一志望だっていうところの入試があるんです。頑張ってほしいし、応援しなきゃっていうのも分かってるんです。……分かっては、いるんですけど」

「私だったら、応援したくないって思っちゃうなあ」

ぽつりと呟くと、渚ちゃんは静かに俯いた。

「離れたくないなって思う自分がいて、素直に応援できないのが悔しくて。だから私、石神さんにお願いしたんです。自分の中でけじめをつけて、ちゃんと航大を送り出せるようにって」

なるほど。それで〝ちゃんとさよならできますように〟ってお願いをしたのか。

「でもそれって、渚ちゃんの本心じゃないじゃん」

納得している私の後ろでなぜか怒ったように声を上げたのは石神さんだった。

「ちょっと莉子ちゃん、代弁して伝えて」

「……でもそれって、渚ちゃんの本心ではないですよね」

石神さんに言われた通り伝えると、渚ちゃんはピクリと反応した。

「離れたくないって思うなら、それを書いてくれたらいいの。見くびってもらっちゃ困るよ」

「離れたくないって思うんだったら、それをお願いすればいいじゃないですか。石神さんはちゃんとお願いしたら叶えてくれる神様なんですよね？」

私はもう一度、石神さんの言葉を代弁する。

「それは、そうですけど……」

グッと言葉を止めた渚ちゃんは、まだなにか言いたげな感じだ。私が「ん？」と続きを促すと、俯いたまま口を開いた。

「大学ってきっと、すごく楽しいところだと思うんです。海と山ばっかりのこの辺と違って遊ぶ場所もたくさんあるだろうし、キラキラした子たちもいっぱいいるだろうし。そのうちきっと、地元のことなんて思い出さなくなるかもしれない。私のことなんてどうでもよくなるかもしれない。そんなふうに想像したら、こんな気持ちは伝えずに綺麗に送り出してあげたほうが……」

「好きなんだったら、気持ちを伝えたほうがいいんじゃないかなあ」

ぽろりとこぼれた私の言葉に、渚ちゃんは顔を上げる。

「好きって伝えて、うまくいったら嬉しいだろうし、うまくいかなくてもすっきりすると思います。伝えずに送り出したとしたら、確かに航大くんはなにも考えなくても済むかもしれないけど、渚ちゃんの中ではずっと後悔が残るんじゃないですか」

一緒に登下校するくらいなら、うまくいく可能性は高そうだけれど。確証のないことなのでその部分は口に出さず私の意見を伝える。

じっと私の目を見ていた渚ちゃんは次第に眉を下げた。また涙が戻ってきたらしく、顔が少しゆがんでいく。

「……好きって伝えても重荷にならないですか？　航大を縛ることにならないですか？」

「えっ、それは責任持てないけど……」

思わず怯《ひる》んだ返事をした私に、後ろから「いや、そこは大丈夫ってフォローしてあげなさいよ」とトヨさんのツッコミが入る。

即座にいい返しができなかったものだから、渚ちゃんの表情は暗いままだ。

どうしよう。なにかうまく励ますことができるような術《すべ》があれば……。

そこまで考えて、ふと思いついた。

「ちょ、ちょっと待ってて！」

「え？」

不思議そうな渚ちゃんに目もくれず、トヨさんと石神さんが「どうしたの」と呼ぶ声にも振り向かず、私は社務所へと急ぐ。

「あの、これ、ひとつお願いします！」

さっき石神さんに説明してもらった〝ドウマン・セイマン〟の描かれたお守りをひとつ買って、渚ちゃんのもとへ戻る。そして、それを差し出した。

「……え？」

「きっと石神さんは、うまいことしてくれると思います！」

これぞ神頼み。咄嗟に石神さんの名前を出せば、渚ちゃんはポカンと口を開けた。

お守りと私の顔を戸惑ったように交互に見ている。

「えっと、だから、その……」

これはもしや、やっちまった感じだろうか。

なかなか受け取ってもらえないお守りをどうすべきか、ひとり慌てていると、

「ぷっ」と噴き出すような声が聞こえた。

「へ？」

思わず顔を上げると、目の前で渚ちゃんは我慢できないといった様子で笑っている。

トヨさんをチラリと見れば、「莉子、必死なわりになかなか無責任で面白いわよ」と
コメントをくれた。

「それじゃあ、ちゃんとお願いし直さなきゃ……ですね」

渚ちゃんはひとしきり笑ったあと、私の差し出したお守りを受け取ってくれた。

新しい祈願用紙持ってきます、と立ち上がった渚ちゃんの表情は明るい。

「今度はちゃんと書いて、石神さんにお願いします。航大が大学に行っても、連絡を
取り合って遊べるような関係でいられますようにって」

「……自分の気持ちを伝えられますように、じゃなくて？」

そう尋ねた私に、渚ちゃんは笑顔で答えた。

「それはいいんです。石神さんにお願いしなくても自分で行動できることなので」

「そっか。すごいなあ」

勇気ある言葉に感心すれば、少し照れたように渚ちゃんは「ありがとうございます」と頭を下げる。

「よし、頑張って叶えるからね」

「グッジョブ、莉子〜」

気合い十分な石神さんとグッと親指を立てたトヨさんに、私は小さく頷いた。


「莉子ちゃん、トヨさん、この前はありがとね」

そう言って石神さんがうちの店にやってきたのは、それから数日後のことだった。

鳩時計は午後十時を示している。今日がバレンタインデーだったこともあり、やっぱり忙しかったようだ。

「いらっしゃいませ。こちらこそありがとうございました」

私はお冷とおしぼりを置きながら頭を下げる。

「いろいろと楽しませてもらったわ〜」

すでにできあがっているトヨさんを見て、石神さんは「私もビールお願い」と手を挙げた。

泡との比率に気をつけて注いだビールを渡すと、そのままグイッと呷る。

「っあー、おいしい。いっぱい動いたあとは格別だね」

「お疲れやな」

トヨさんに頼まれていた追加の唐揚げを作り終えて、松之助さんも私の隣に並ぶ。

座敷の宴会組もまだまだ盛り上がっているようで、ドッと笑い声が聞こえてきた。

「ありがと、松之助。そうだ、これお土産」

「お土産？」

ちょっとしかないけど、と石神さんが松之助さんに渡したのは木箱だった。

「開けてもいいん？」

「むしろ早く開けて。鮮度が大事だから」

急かすような口調の石神さんに首を傾げながら、松之助さんは蓋を開ける。その中に見えたのは、立派な大きさの貝だった。見た感じ、私の握りこぶしくらいのサイズがありそうだ。

「えっ、これって！」

思わず声を上げた私に、石神さんが「しー」と人差し指を立てる。

中に入っていたのは、あの高級食材、アワビだった。

「でっかいなあ。さっそくいただこか」

サッと個数を確認した松之助さんは、そのまま調理すべくガス台へ向かっていく。

トヨさんは唐揚げをつまみながら、にまにまと口角を上げていた。

「ステーキ？　串焼き？　お刺身にするにはちょっと鮮度落ちてるかしら？」

「ぜ、贅沢《ぜいたく》な食べ方ですね……」

アワビなんてなかなか口にする機会のないものを、そんな贅沢に食べてしまって大丈夫だろうか。松之助さんがどう調理するかも分からないのに、そんな心配をする私を石神さんは面白そうに見ている。

「鳥羽の海女さんたちが獲ってくれるアワビは肉厚でおいしいから、楽しみにしててね」

「なんと」

それは楽しみすぎる。あの立派なアワビはさぞやおいしいことだろう。

調理している松之助さんの手元をソワソワと覗いていると、「あ、そうそう」と石神さんが口を開いた。

「結局あのあと、渚ちゃん付き合い始めたみたいでね。ふたりでお礼の絵馬を書きに来てくれたよ」

「わ、そうなんですか」

うまくいきそうな気がしていたけれど、ちゃんと気持ちを伝えることができたんだ。よかった、と思うと同時にやっぱりその勇気がすごいや、と感心する。

「これからどうなるかは分からないけど、頑張ってみるって。私も全力で応援させてもらうことにした」

「よかったわねぇ。そういう話を聞きながら飲むビールはまたおいしいわね」

石神さんの話を聞いて随分と機嫌がいいらしいトヨさんは「かんぱーい」とジョッキを掲げた。

「はい、お待たせ」

そうこうしているうちに、松之助さんがお皿を持って戻ってきた。

「あら、串焼き。いいわねぇ」

ひょいとお皿を覗き込んで、トヨさんが頬を緩める。

「わああ」

大きなアワビが串に刺さっていて、表面はこんがりと焼き目がついている。思わず歓声を上げた私に、石神さんは「いい反応するね」と微笑んだ。

「やっぱ、串焼きが一番やと思ってさ。おはらい町でも人気の食べ歩きメニューやし」

「さすが松之助、分かってるわねぇ」

トヨさんに褒められて、松之助さんは「まあな」と胸を張った。

「こんだけ串焼きにして、残りは炊き込みごはんにさせてもらったで。できあがったら座敷にも持っていくわな」

松之助さんからの報告を受けて、石神さんは頷く。炊き込みごはんもどんな感じなのか気になるところではあるけれど、まずは串焼きだ。さっそく手にとったトヨさんをじっと見つめる。

ぱくりとかじりついたトヨさんの口からどんな感想が出てくるのかとソワソワしながら待っていると、石神さんが私たちにお皿を向けた。

「これお土産だから、私の分は要らないよ。莉子ちゃんと松之助で食べてね」

「いいんですか？」

思ってもみなかった言葉に声が裏返りそうになる。そんな私に石神さんは「ぜひ食べて」と勧めてくれた。

松之助さんを確認すると、ゆっくりと頷いてくれる。食べてもいいよということだろう。

「ありがとうございます」

「こちらこそ。莉子ちゃんが鳥羽まで足を運んでくれたから、気がかりがひとつ減ってほっとしたよ」

そのお礼だから、と言ってくれた石神さんにもう一度頭を下げてから、私は串をひとつ手にとった。

こんなに大きくて立派なアワビを丸ごと食べるなんて、この先数えるほどしかないだろう。心して食べねば。

そんなふうに鼻息荒く串焼きを凝視していると、「冷めやんうちに食べや」と隣の松之助さんから声がかかった。

意を決してひと口、かじりつく。

コリッと弾力のある噛みごたえながら、柔らかい。なんとも変な表現だと思うけれど、そんな感じがする。磯の香りがぶわっと口の中に充満して、上にパラパラとかかっていた塩が絶妙だった。

「ぜ、贅沢な味がする……」

「どんなんや」

すかさず隣からツッコミが入るも、私の語彙力ではそれ以外の言葉で形容することはできなかった。

「ところで、莉子って結局あのとき石神さんになにをお願いしたの？」

ビールとアワビよく合うわあ、と嬉しそうにしていたトヨさんが、不意にそんなことを聞いてきた。

ぎくりと動きを止めた私を、石神さんが笑う。

「ん？　石神さんとこで、莉子もお願いしてきたん？」

詳細を知らない松之助さんは不思議そうに首を傾げて、私のほうを見た。

そうなのだ。あのとき、お願いをし直すと言って新しい祈願用紙を持ってきた渚ちゃんと一緒に、私もお願いを書いたのだった。

必ず叶えてもらいたいほどのお願いは特になかったけれど、渚ちゃんからしてみれば私は平日の昼間にひとりで参拝に来た二十代女性なわけだし、お願いの仕方を聞いた手前、書かないわけにもいかず。いろいろと悩んだ結果、一番に浮かんだものをお願いしたのだった。

「そうなのよ。でも莉子ったら、私たちには見せてくれなくて」

トヨさんはぶすくれたように口をとがらせる。

「いや、だって恥ずかしいじゃないですか」

「恥ずかしいことお願いしたん？」

「ちょっとそれは言い方が悪いです」

全然知らない人が聞いたら怪しく聞こえてしまう言い方をした松之助さんに、すかさずツッコミを入れる。

唯一、この中で私のお願いした内容を知っているのは、ビールを呷っている石神さんだ。しかし特に口を挟もうとしていないところを見るに、私の気持ちを汲んでくれているのだろう。

「なんてお願いしたのよお」

「秘密です」

問い詰めてくるトヨさんにそう言って口にチャックをする仕草をすれば、面白くなさそうに頬を膨らませる。

隣の松之助さんからの視線も感じたけれど、私は気づかないふりをした。


「そっちブランケット足りたか」

「はい、ばっちりです」

午前二時。眠ってしまったお客さんたちにブランケットをかけ終えて、カウンターの中に戻る。

できあがったまかないを松之助さんが調理台に並べているのを見て、私は折りたたみの椅子をふたつ出した。

「あ、炊き込みごはん……！」

「うん。おいしそうにできたやろ」

自慢げに笑う松之助さんに、コクコクと頷く。

お茶碗《ちゃわん》にこんもりと盛られたアワビの炊き込みごはんには、にんじんやしいたけ、山菜っぽい緑も入っているように見える。ほかほかと湯気が立っていて、醤油で茶色く色づいていた。座敷で宴会をしていたおっちゃんたちにはおにぎりにして渡していて、とても喜ばれていた一品だ。

「いただきます」

「いただきます！」

ふたり揃って椅子に座り、手を合わせる。

さっそくお茶碗を手にすると、松之助さんは「どう？」と聞いてきた。「まだ食べてないです」と返事をしてからお箸をつける。せっかくなので、薄く切られているアワビの部分をすくう。

すうっと鼻から息を吸えば、アワビと醤油の香りが混ざったいい匂いがする。ぱくりと口に入れると、少し生姜《しょうが》の利いた柔らかな味わいだった。

「おいしい……本当にいいものをいただきましたね」

「太っ腹やよなあ」

松之助さんも炊き込みごはんを食べながら「うまっ」と呟いた。

神様たちがわちゃわちゃと賑やかに集まるこの店で、慌ただしく走り回ったあと、こうしてゆっくり松之助さんと話しながらおいしいまかないを食べる。この感じが、なんとも幸せだと思う。

松之助さんやトヨさんに改めて伝えるのは少し恥ずかしくて、さっきはごまかしたけれど。私が石神さんに叶えてほしいと願ったのは、〝居酒屋お伊勢でこれからも楽しく働けますように〟というものだ。

本当はもう少し違うお願いをしようかと思ったが、渚ちゃんが自分で行動できるものについてはお願いしなかったのを見てやめたのだ。

松之助さんの隣は居心地がいい。この関係性を変えることは怖い。だけど、今の関係に甘えていたらいつか急に終わってしまう日が来るかもしれない。

電話で葉月が言っていた。このままなにも行動しなかったら、私たちの関係は変わらないだろうけれど松之助さんには別の関係ができてしまうかもしれない。

それはなんとも嫌だなあと思ったのだ。

「……あの、松之助さん」

「ん？」

首を傾げた松之助さんに、ずっと隠していた紙袋を差し出した。

近くのショッピングモールでやっていたバレンタインフェアで買った、二千円くらいのチョコレートだ。昨年渡した義理チョコは千円くらいのものだった。この一年分の差をどんなふうに受け取るかは、松之助さん次第というところ。

ぎりぎり義理チョコとしてでも受け取れるような値段のものにしたのは、私の勇気がまだ足りなかったからである。

「あの、これ。今日バレンタインなので……もう日付け変わっちゃってますけど……」

後半はボソボソと小さな声になってしまったが、この距離なら聞こえているはず。ついでに、今さらながらドキドキと速くなってきた心臓の音まで聞こえてしまいそうな気がする。

松之助さんはというと、ポカンと口を開けてお箸を落としそうになっている。大丈夫かなと不安げに見つめていたら、私の差し出した紙袋を受け取ってくれた。

「……これは、どういう？」

ようやく口を開いたかと思えば、完全に困惑したような感じだった。

途端に、カッと顔が熱くなる。

「え、あ、いや、その！　深い意味は特になくて！」

そして、ちょっと前までの決意はどこへやら。気づけばそんなことを口走っていた。

「そう、深い意味は特にないんです！　ただいつもお世話になっているから、感謝の気持ちというか、なんというか！」

「あ、……ああー、そういうことな、なるほどな！　そやよな！」

松之助さんも私につられたように、早口になりながら何度も頷いていた。

「ううーん……？」

つい大声でそんなやりとりをしていたものだから、眠っていたお客さんたちが目を覚ましてしまった。カウンター席で突っ伏していたトヨさんと石神さんは「何事？」と顔を見合わせている。

「んあああ、ちょっとトイレ貸してくれ……って、ん？」

座敷のほうでガアガアといびきをかいていたシナのおっちゃんが、そう言いながらこちらに歩いてきたかと思えば。

「お、まっちゃん、なんだい、そりゃ！　チョコレートかい!?」

さすが甘い物好きである。とんでもない察知能力が働いているのか、松之助さんの手元にある紙袋を見つけて声を上げた。

「えっ、チョコ？」

それに反応したのは、以前バレンタインにチョコを渡さないのかとニヤニヤしていたトヨさんである。本当に私が渡すと予想していなかったのか、意外そうにしていた。

「いいなあ、まっちゃん。それ、俺にも一個くれよ！」

「いや、これ、俺がもらったやつやし！」

松之助さんはシナのおっちゃんから守るように紙袋を自分の背後に隠した。

「えー、ケチじゃねえか」

私があげたチョコをおっちゃんに渡さないでくれたことがなんだか嬉しくてニヤけ

そうになっていれば、松之助さんと目が合った。

照れくさくて即座に目を逸らすと、にまにまと笑うトヨさんが視界に入ってくる。

「ふーん?」

トヨさんにまたからかわれそうな予感がしたものの、渡さずにもやもやしているよりはずっとマシだ。義理チョコみたいな渡し方になってしまったのはちょっと残念だったけれど、ちゃんと渡せてよかった。

そうひとりで安心していれば、それまでじっとみんなの様子を見ていた石神さんが微笑んだ。

「きっと叶うよ、莉子ちゃんのお願い」

「うん。……叶うと、嬉しいです」

〝居酒屋お伊勢でこれからも楽しく働けますように〟。

石神さんだけが知っている、私のお願い。それを叶えてもらえるのなら、これからもきっと幸せだろうなあと、チョコレートを巡ってじゃれ合う松之助さんとシナのおっちゃんを眺めながら、私はそんなことを思った。

五杯目　花よりおでんの宴会日和

「もう四月になっちゃったよ……」

桜の開花宣言から一週間。おはらい町のすぐそばを流れる『五十鈴川《いすずがわ》』の桜は見頃を迎えているとお客さんたちが言っていた。

店の壁に貼ってある三月のカレンダーをびりっと破る。現れた四月のカレンダーに思わずため息をついた。

「なんか辛気臭い顔をしてるわねぇ」

すかさずツッコミを入れてきたのは、三杯目のビールでほろ酔い状態のトヨさんだった。

鳩時計は午後七時を示していて、常連さんの大半はもう集まっている。座敷からは「かんぱーい」と大きな声が聞こえてきていた。

松之助さんは、座敷のほうの料理作りで忙しそうにしている。あの様子ならちょっとくらい話をしても聞こえないだろうと踏んで、小さく愚痴をこぼした。

「なにもお返しがなかったというのは、そういうことでしょうか……」

「ん？　なにが？」

キョトンとした顔で聞き返してくるトヨさんになんと説明しようか考えていれば、ガラッと引き戸が開いた。

「お久しぶりです」

透き通るような白い肌。上品な赤い唇。スッと通った鼻筋。大きな黒い瞳と、長い睫毛《まつげ》。ふわりと吹き込んできた春の風と共に店にやってきたのは、桜色の着物がよく似合うとても美しい女神様。

「あ、サクちゃん！」

「サクさん、いらっしゃいませ」

常連客の、サクさんこと木華開耶姫命だった。山の神であるおやっさんの娘で、いろんな伝説を持ったニニギさんの奥さんである彼女は、安産や子授け、縁結びの神様として知られている。

「ちわっす～」

久しぶりに来てくれたサクさんに喜んでいれば、その後ろからフラフラと姿を現したのはニニギさんだった。

「ニニギさん！　今日は夫婦揃って来てくださったんですね」

「先日は父と旦那がご迷惑をおかけしたようで」

大丈夫でしたか、と心配そうに声をかけてくるサクさんに、「大丈夫です」と頷いておく。あのあと夫婦喧嘩《げんか》は終息を迎えたのだろうかと少し気になっていたけれど、この様子だと解決したのだろう。

お冷とおしぼりを渡せば、「ビールください」と注文が入る。

「あ、俺はこないだと一緒のやつお願い～」

「えっと、芋焼酎のウーロン割りですね」

ニニギさんにも頷いて、グラスの準備に取りかかる。

「サクさん、ニニギさん。いらっしゃい」

「松之助、忙しいでしょうに。わざわざ顔を出してくださって、ありがとうございます」

「お兄さん、おひさ～」

サクさん夫婦と松之助さんが軽く話しているのを聞きながら、泡との比率に気をつけてビールを注ぐ。そのままジョッキとウーロンハイを持っていくと、松之助さんはまたガス台のほうへと戻っていった。

「お待たせしました」

「ありがとうございます」

「ありがとね」

ぺこりと頭を下げたサクさんとニニギさんは、トヨさんと乾杯をしてからお互いお酒に口をつけた。

「それで、さっきの話はどういうこと？」

「へ？」

ぼんやりと三柱《みはしら》がお酒を呷るのを見ていれば、トヨさんがそんなふうに問いかけてきた。なんのことかと思って記憶を辿る。ああそうだ、お返しの話を愚痴ろうと思っていたんだった。

「サクさんとニニギさんは、バレンタインデーって聞いたことありますか？」

先ほどトヨさんに言いかけた話の続きをした私に、サクさんとニニギさんは首を傾げる。

「好きな人にチョコレートを渡して想いを伝える日っていうのがあるんだって。面白いわよね～」

トヨさんは得意げな顔をしてバレンタインデーの説明をした。さすが、よく覚えている。

「そんな日があんの？　超楽しそうじゃん」

ニニギさんは興奮したように身を乗り出す。

「俺もサクからもらいたかったな～。もうちょっと前に知ってたらな～」

サクさんの腕を掴んでゆらゆらと揺らし、甘えたような声を出すニニギさんを、「はいはい」とサクさんは軽くあしらって私に視線を向けた。

「莉子は松之助にあげたのですか？」

「えっ、なんで知ってるんですか」

声をひそめて聞いてきたサクさんに驚けば、サクさんもサクさんで「あら」と口を押さえていた。どうやら知っていたわけではなく、ただ言ってみただけだったようだ。それがまさか正解だとは予想していなかったみたいだけれど、その目はどんどんと輝きだした。

「そうなのですね。ついにね」

「そうよ～、ついによ～」

ふわりと微笑むサクさんの隣で、トヨさんがにまにまと茶化すように相槌を打つ。ニニギさんも「やるぅ」と口笛でも吹きそうな勢いだ。

あっさりバレたのは計算外だったけれど、この先の話をする上では都合がいい。三柱が盛り上がりすぎないうちに、さっさと話題を移してしまおう。そう考えて、私は再度口を開いた。

「それとは別に、ホワイトデーっていうのもあるんですけど」

「ホワイトデー？」

三柱揃って、聞いたことがなさそうな様子だ。

チラリと視線をガス台へと向ける。揚げ物の注文が入っているのか、松之助さんは随分と忙しそうだ。しばらくこちらの話に入ってくることはないだろうと、私は説明を続けた。

「バレンタインデーにもらったチョコレートのお返しをする日があるんです。三月十四日なんですけど……」

「あら。もうだいぶ過ぎてるのねぇ」

カレンダーを見てトヨさんは頬杖をついた。サクさんは「莉子はなにかもらったんですか？」と少し期待したように聞いてくる。

「いや、それが……」

痛いところを直球で突かれた。答えを濁せば、トヨさんは察したように頷いた。

「なるほど。もらえてないのね」

「あら」

トヨさんの言葉に、サクさんは意外そうに目を丸くしている。

「ええっ!?　そんなことある!?」

「ちょ、ニニギさん声が大きいです！」

慌ててニニギさんの口を押さえようとすれば、私より先にサクさんががっしりとニニギさんの口に手を当ててくれていた。その状態でニニギさんに微笑みかけていたけれど、目の奥が全然笑っていない。そのことに気づいてか、ニニギさんはコクコクと頷いた。

……そうなのだ。簡単に言えば、松之助さんにホワイトデーをスルーされてしまったのである。

「まあ、その、確かにチョコは渡しましたけど、別にお返しが欲しくて期待してたわけでもないし、お世話になってるからってことで渡しただけだから……」

本当はもう少し違う渡し方をしたかった、という本音はこの現実がさらに切なくなるので言葉にしないでおく。

「これまでバレンタインとは無関係だったたって前に言ってたし、もしかして松之助、ホワイトデーのこと知らないんじゃないの？」

「いや――……」

トヨさんの推測は外れている可能性のほうが高い。昨年も義理チョコを渡したけれど、ちゃんとお返しに焼き菓子の詰め合わせをもらっている。だから、松之助さんがホワイトデーの存在を知らないはずはない。

「松之助のことだから、そういうことにはきっちりお返しをしそうですけれど」

ニニギさんが静かになったのを確認してから、サクさんはそう呟いてビールを呷った。

私もどちらかというと、松之助さんはきっちりしているタイプだと思うし、むしろめちゃくちゃ情報収集しているのでは、と予想していたのだ。

三月十四日を迎え、朝の段階でもらえなかったってことは店の営業が終わってからかな、なんて予想しながら働いて。気づかぬうちに日付けが変わっていたけれど、その後なにもサプライズは起きず。

あれ、もしかして忘れていたのかな、と様子を窺っていたものの、そのあとも一日、また一日と過ぎていき。あっという間に四月になってしまっていたのだった。

これはもう、さすがに期待できない気がする。

「迷惑だったのかも……」

もしかしたら、あんな渡し方だったけれど松之助さんはなにか感づいたのかもしれない。私の気持ちには応えられないって、意図的にスルーしていたのかもしれない。

一度そんなふうに考え始めると、もはやそうとしか考えられなくなってくる。

「ああ、もう、じれったいわねえ！」

ドン、とカウンターに空になったジョッキを置いて、そう声を上げたのは、サクさんだった。隣でニニギさんがびくっと反応している。さっきまでのおしとやかな口調とは違って素が出てきている。きっと酔いが回り始めたのだろう。

「松之助、今日はお店閉めちゃいなさい」

「えっ？」

「ん？」

ガタン、と急に立ち上がったかと思えば、サクさんはそんなことを言った。ちょうど調理を終えたらしい松之助さんはキョトンとしている。

座敷のほうにも突然の提案が聞こえていたらしい。「なんだなんだ?」とおっちゃんたちが顔を出した。

「五十鈴川の桜が見頃なの」

おっちゃんたちにも聞こえるようにサクさんは声を張る。

そういえばサクさんって、桜を象徴する神様だったっけ。

昔の記憶を引っ張り出していれば、腰に手を当ててサクさんはこう宣言した。

「せっかくだから、みんなで夜桜見物に行くわよ」

「夜桜見物……?」

「いいわねえ! 松之助、ちゃちゃっとそっち片付けてきなさいな」

私が首を傾げている間に、トヨさんは嬉しそうに賛成して松之助さんを急かす。ニギさんはこれ以上怒られないようにとそそくさと立ち上がった。

「おう、桜かい」

「いいねえ、久々だよ」

座敷のおっちゃんたちも乗り気で、ぞろぞろと靴を履いている。

「ちゃんと話しておいで」

状況が読めずにポカンとしている私に、サクさんはこっそりウインクをした。

「むむっ」

あまりの急展開に頭が追いつかない。とりあえず、店から出ていってしまったお客さんたちを追いかけるように一番後ろを歩いていれば、どこかで耳にしたことのある声がした。

「……なんか声が聞こえませんでした？」

「聞こえた」

隣にいた松之助さんに尋ねると、頷きが返ってくる。

今歩いているのは、おはらい町のちょうど中心辺り。『赤福《あかふく》』の本店前の交差点に差しかかったところだった。

前を歩くお客さんたちに遅れないようキョロキョロと見渡しながら歩いていると、

「やあやあ！」と新橋のほうから、またあの声が聞こえた。

「あ」

そちらを見れば、黒い着物に黒いベール。夜の闇に溶け込むような姿をした神様が嬉しそうに手を振っている。

「ツキヨミさん！」

思わずその名前を口にすれば、前を歩いていたトヨさんが勢いよく振り向いた。

「えっ、ツキヨミさん？」

当然、周りにいた神様たちも、なんだなんだと同じ方向を見る。

いきなりたくさんの視線を向けられたことにびっくりしたのか、跳ねるようにこちらへ近づいてきていたツキヨミさんは一瞬ピシッと固まった。それもそのはず、人見知りで友だちも少ない彼が緊張しないわけがない。

しかし、ここで引き下がるのもツキヨミさんのプライドが許さなかったのだろう。再びゆっくりとした足取りで、私たちのほうへ近づいた。

「や、やあ。みなの衆。これはこれは奇遇であるな。いやなに、我はこの闇と暗黒の世界の安寧を保っていたところで、別にそなたたちの愉快げな姿が見えたから飛んできたなど、そんなことはないのだが」

ペラペラと話し始めたツキヨミさんは、どうやら私たちに会いに飛んできたらしい。どこかソワソワとした様子を見るに、ちょっと構ってほしそうだ。

「こんばんは。これから夜桜を見に行くんですけど、ツキヨミさんも一緒にどうですか？」

「よ、夜桜！」

パッとその表情が明るくなった。かなり興味がありそうだ。しかしそのあとすぐに、なんだか心配そうに眉を下げた。その視線は右へ左へと泳いでいる。

いったいどうしたのかと思っていれば、隣にいた松之助さんが苦笑しながら声をかけた。

「ツキヨミさん、きっと忙しいやろけど、暇ができたらチラッと顔出して。俺ら、そっちの川沿いの桜見とるから」

「あ！　そ、そう！　我はこの世界を守ることに忙しく、夜桜見物などしている暇はないに等しいのだが、いやまあ、そうだな、そなたたちがどうしてもと願うのであれば、顔を出してやらないこともない」

いい言い訳が思いついた、と言わんばかりの勢いでツキヨミさんは顔を上げた。その瞳はキラキラと輝いていて、とても嬉しそうだ。

「じゃあ、暇あったら来てな」

「うむ！」

松之助さんの言葉に大きく頷いて、ツキヨミさんはスッと夜の闇へと消えていった。

「なあんだ、せっかくツキヨミさんと話せるかと思ったのに」

「忙しい方やからな」

つまらなさそうに口をとがらせたトヨさんに、松之助さんがフォローを入れる。

「……もしかして、人見知りだから迷ってたんですか？」

明らかに夜桜見物に興味がありそうだったのにツキヨミさんが渋っていた理由を小

声でこっそり松之助さんに尋ねると、苦笑いが返ってきた。どうやら、その通りだったらしい。

「忙しいからってことにしといたら、ちょっと離れたとこから見てても一瞬だけ来て去っていっても、特に違和感ないやろ？」

「なるほど……」

よく考えられた、ツキヨミさんのプライドも傷つかない言い訳だなあ。

「莉子、松之助、早く〜！」

「あ、はい」

感心して頷いていれば、いつの間にやら前を歩くトヨさんたちと距離が開いてしまっていたようだ。慌てて返事をして、私は松之助さんと一緒に小走りで追いついた。

「いいわねえ、桜の下でお酒って〜」

赤ら顔のトヨさんがふらっふらっと先頭を歩く。

「あっちもこっちも桜だなあ」

シナのおっちゃんはふわりふわりと浮かび、ご機嫌な様子で河川敷の桜を眺めながら進んでいた。

五十鈴川には約二百本の桜があるらしい。【桜まつり】と書かれた提灯が等間隔に並んでいて、桜をほんわりと照らしている。見物客も多く、スマホ片手に記念撮影している人も少なくない。

「あっ、莉子、写真撮っておいて！」

案の定、みんなの一番前にいたはずのトヨさんは、一番後ろを歩いていた私のところまですっ飛んできた。

「言うと思いました」

夜桜って撮るのが難しいんだよなあ、と苦笑しながらも了承すると、また機嫌よく先頭へと戻っていく。

ちなみにだけれど、さっきからずっとツキヨミさんは私たちをこっそり追いかけてきている。みんながいる中で話すのはやっぱり緊張するようなので、私たちから特に話しかけることはしていない。ただ、こうやって後ろをついてくるだけでも楽しいようで、時折「ククッ」という不気味な笑い声が聞こえていた。

「夜桜とか久しぶりやなあ」

隣を歩く松之助さんは、そう言って桜を見上げた。

屋台も並んでいて、いい匂いが漂ってくる。花より団子、ならぬ花よりお酒状態のトヨさんたちがおねだりしてきそうだなあ、と予想しつつみんなの後ろを歩いていれば、前方から声がした。

「おでん！　おでんだって、おでん！」

もちろん、トヨさんの声である。

いい匂いがする気がしていたけれど、どうやらおでんの匂いだったようだ。

トヨさんが指差している屋台では、串にささったおでんが売られていた。ほかほかと湯気が出ていて、確かにおいしそう。

看板には【伊勢おでん】と書かれている。

トヨさんの声につられてじっと見ていると、屋台のおじさんと目が合ってしまった。

「……買いますか？」

「そうしよか」

苦笑いを浮かべて頷いた松之助さんに、トヨさんがガッツポーズをしている。

「ありがとう松之助！」

「はいよ」

お金を払って二本の串を持ってきてくれた松之助さんから、一本を受け取る。こんにゃくとはんぺんと大根が刺さっていて、たっぷり味噌が塗られているようだ。

「食べてみ」

勧めてくれた松之助さんにお礼を言って、ふうっと息をかけてからひと口かじる。

一番上はぷるっと弾力のあるこんにゃくで、赤味噌の甘さがよく合っていた。

「んん！　おいしいです」

「そやろ。これな、こんにゃくといか棒とたくあんやで」

「えっ」

松之助さんの説明に、パチパチとまばたきをする。一番下の大根だと思っていたものは、たくあんだったらしい。

おでんにたくあんって、あんまり耳にしたことがないけれど、どんな味なんだろう。それに、いか棒というものも馴染みがない。はんぺんと似た感じかなと予想しつつ、尋ねてみる。

「たくあんのおでんって、意外ですね。ところで、いか棒ってなんですか？」

「え？　あ、そうか。いか棒って通じやんのか」

私の質問に、松之助さんは逆に驚いたような反応をした。それくらい伊勢の人たちはよく食べるものなのだろうか。

「魚のすり身にいかの足を入れて揚げたやつのことやで」

「えっと、いか入りのさつま揚げみたいな感じですか？」

首を傾げた私に「それそれ」と松之助さんは頷く。

なるほどと納得して、もう一度こんにゃくにかじりついた。

「ねえ莉子、私にもちょうだい～」

こんにゃくを咀嚼《そしゃく》しながらじっとたくあんを見つめていると、ねだるトヨさんの声が聞こえた。その後ろには、ソワソワと待ちわびた様子の神様たちがいる。

たくあんの味が気になったけれど、私ひとりで食べていてはみんなの分がなくなる。名残惜しく思いながらも、周りの人々がこちらを見ていないことを確認してから、言いだしっぺのトヨさんにおでんを差し出した。

「ずりいぞ、トヨちゃん。俺にもくれよ」

「私も食べたいわ」

「わ、我の分もあるだろうか!?」

隠れていたはずのツキヨミさんがサッと出てきて手を挙げた。おでんの誘惑に負けたようだ。どこかソワソワしながらも、勇気を出して姿を現したツキヨミさんがなんだか可愛くて、「ありますよ」と私は頷いた。

しかし、ついさっきまで店でもいろいろ食べていたというのに、神様たちはまだまだお腹が空いていたらしい。二本だけのおでんは、みんなで食べるとあっという間だった。

これはまだまだ、なにか食べたいと言ってくるに違いない。

「ねえねえ、ちょっとその辺で適当にもうちょっと買ってきてよ～！　あとでお金は払うから」

やっぱりか。予想通り目を輝かせたトヨさんに、思わず苦笑する。そのトヨさんの隣では、ツキヨミさんも期待したように私たちを見ていた。

「適当にって……」

「私たちの好きそうなものお願い～。莉子と松之助のチョイスなら間違いないでしょ。ね、ツキヨミさん」

「え、あ、うむ！　我らの空腹を満たせるのはそなたたちだけであろう！」

ざっくりとした注文に少し戸惑ったけれど、トヨさんとツキヨミさんにそんなふうに頼まれたら買ってくるしかない。隣にいた松之助さんを見れば、はいはいと頷いていた。

正直、今ふたりになるのは避けたかったけれど、松之助さんひとりでみんなの分を買いに行かせるわけにはいかない。

私もしぶしぶ了承して、松之助さんと一緒に今来た道を引き返すことにした。

「おっ、お兄さんたち、買い物に行くんだな！　じゃあ俺も――」

「シッ！　あんたは黙ってて！」

「？　なにか言いました？」

後ろでニニギさんとサクさんがなにやら話しているのが聞こえたので、振り向いて首を傾げる。

「なんにも。買い出しお願いね～」

「ふ、うぐっ……」

ニニギさんの口を片手で塞いで、もう片方の手を振るサクさんを不思議に思いながらも、私はもう一度松之助さんの隣に並んだ。

「完全にパシリですね、これ」

「しゃーなしやな……」

「ですね……」

苦笑した松之助さんに同意していると、前から若い男女が腕を組みながらやってきた。楽しげにふたりでスマホを覗き込んでいる。インカメで写真でも撮っているのだろうな、と予想しつつその横を通り過ぎて、改めて気づいた。

今私、松之助さんとふたりきりなのか。もしかして、他の人たちからしたらカップルみたいに見えているのだろうか。お花見デート的な感じ……だよね。

「わりと寒くないなあ」

「え！　あっ、はい!?」

不意に松之助さんを意識してしまって、焦って変な返事になった。

そんな私を少し怪訝そうに松之助さんが見たけれど、それ以上なにか話しかけてくることはなく、視線は桜のほうへと移っていった。

周りはガヤガヤと賑やかなのに、私たちの間だけで流れる沈黙が気まずい。なにか話題、なにか話題は……。

「あっ！」

「ん？」

必死に辺りを見渡して、見つけたお店を指差す。

「あそこ、チョコバナナ売ってますよ。シナのおっちゃんとか喜ぶんじゃないですか？　ほら、甘い物好きだし、この前だってチョコレートを奪おうとして……」

そこまで言いかけて、はたと口をつぐむ。

シナのおっちゃんがチョコレートを奪おうとしていたのは、バレンタインのとき。私が松之助さんに渡したチョコレートをおっちゃんが羨ましがって……。

なるべくバレンタインのことは掘り返さないようにしようとしていたのに、うっかり口に出してしまった。さすがの松之助さんも気づいたのではないだろうか。

ミスった。いや、気になってはいたことだし、サクさんが『ちゃんと話しておいで』って耳打ちしたのは、このことだったんだろうけれど。

どうしよう、と頭の中がいっぱいになっている私の隣で、松之助さんはコホンと咳《せき》払《ばら》いをした。

「……この前の」

「ふぁい！」

「あのチョコ、おいしかったで」

動揺のあまり噛んでしまった私に、松之助さんはそう言った。

「あ……、はい」

突然の感想にキョトンとしてしまった。そりゃおいしいに決まっている。なんてったって、二千円もした市販のチョコレートだったのだ。

いや、今はそんなことはどうでもいい。松之助さんがちゃんと食べてくれていて、こうしておいしかったと伝えてもらえていることのほうが大事だ。

ごちゃごちゃと考えていると、隣を歩いていた松之助さんは立ち止まる。つられて私も足を止めて顔を見れば、なんだか強張っているようだった。

「……いろいろ考えすぎて、わけ分からんくなった」

「え？」

ぼそりと落とされた言葉を聞き返すと、松之助さんの口は普段からは想像できない速さで回りだす。

「食べ物にするか、ハンカチとかにするか、でも残るものやと邪魔になるかとか。【二十代　女性　プレゼント】で検索してみたらハンドクリームとかリップクリームとか出てきたけど、肌に合わんとかやったら嫌やし。かといってアクセサリーは重いやろし……」

いっそのこと給料上乗せとかのほうがよっぽど嬉しいんとちゃうか、とか。

ずらずらと並べられた言い訳のような言葉たちに、パチパチとまばたきをした。

私の耳と頭が自分の都合のいいように変換していなければ、これってまさか……。

「けど、いろいろ見てたらすごい莉子に似合いそうなのあって。思わず買ってみたけどそういうセンスあるわけちゃうから、もしかしたら迷惑になるかもしれやんし……とか思ってたら渡すタイミング逃して……」

「それって、つまりバレンタインのお返しを用意してくれてたってことですか？」

心臓がドキドキと音を立てている。

松之助さんの表情は硬いままで、だけど頬はなんとなく赤いような気がする。ライトアップされた桜のせいだろうか。そうじゃなかったら、いいのに。

私の質問に答えるより先に、松之助さんはポケットに手を入れた。そして、ゴソゴソとなにかを取り出す。

「……ん」

そう言って差し出されたのは、クシャッと皺《しわ》のついた小さな紙袋だった。

もしかして、これ、ずっとポケットに入っていたのだろうか。渡すタイミングを逃しに逃しまくって、四月の今日までずっと、日の目を見るのを待ちわびていたのだろうか。

「あ、開けてもいいですか?」

両手でそれを受け取りながら聞くと、松之助さんは小さく頷く。

「莉子いつも髪結んどるし、そういうの似合うかなって思ったんやけど」

そっと紙袋を開ければ、さらにビニールで包装されたヘアゴムが出てきた。ゴールドでキラキラとしたモチーフのついたそれは、華奢《きゃしゃ》なデザインで可愛い。

「……莉子?」

「あ、ありがとうございます……」

お返しがちゃんとあったこと。松之助さんが私のために選んでくれたこと。渡すタイミングを何度も逃すほど緊張してくれていたこと。それら全部が嬉しくて、胸がいっぱいで他の言葉が出てこない。

もらったヘアゴムをぎゅっと握りしめていれば、松之助さんは慌てたように付け足した。

「それ、もし趣味じゃなかったら処分してくれていいから」

「しょっ、処分なんてするわけないです!」

思わず大きな声が出た。周りにいた人々がチラリとこちらを向いたのを察して、少し恥ずかしくなって声を落とす。

「処分なんてできるわけないです、……めちゃくちゃ可愛いです、嬉しいです。これ、ぜったい毎日つけます」

「いや、そこまでしやんくても」

「毎日つけたいんです！　ダメって言われてもつけますから！」

じっと松之助さんのつり目を見て断言すれば、強張っていた松之助さんの表情がふっと緩んだ。かと思えば、「ははっ」と笑い声が鼓膜を揺らす。

「え、え？　なんですか？」

「いや……うん。そんだけ喜んでくれたなら、よかった」

そう言って松之助さんは、満足げに笑った。

私にはその笑顔がまぶしくて思わず手を握りしめると、そこには松之助さんからもらったヘアゴムがあって。

うわあ。これは幸せかもしれない。

胸の奥からぶわっと熱が込み上げてきたのを感じ、今さらながらに照れてくる。

「莉子、顔赤いで」

「え、あ、気のせいです多分」

優しい声が近くで聞こえる。私の顔を覗き込んできた松之助さんと目が合った。その距離にびっくりしたけれど、動くことができない。

——どくん、どくん。

心臓の音がやたら大きく耳元で鳴った。

松之助さんの短い金髪が、桜を照らすライトの光で綺麗に透けている。

あれ、松之助さんって首元に小さいホクロがあったんだ、新発見。とか思っている間にも、なんだか近づいてきているようで……。じっと固まっていれば、なにやら後ろから騒がしい声がした。

「ちょっ、押すなって」

「ずるいわよ、シナのおっちゃんだけ！　私たち全然見えないんだから」

「今どうなっているのだ？　なにが起きているのだ？　我にも誰か教えてはくれないか？」

すぐ近くにあった松之助さんの顔がピクリと動く。私に向けられていた視線がそろりと私の後ろに移動する。聞き覚えのある声たちに、私もゆっくりと振り向いた。すると……。

桜の木の陰から覗く、綺麗な着物の数々。

「あ、やば」

「え」

どさどさどさーっと、まるで漫画みたいに倒れるように出てきたのは、うちのお店のお客さんたちだった。

「…………」

「……えーっと、よお」

無言の松之助さんに、へらりと笑ったのはシナのおっちゃんだ。

「み、見てたの!?」

「違うわよ、誤解よ？　ただちょっと、ふたりだけに買いに行かせるのって悪いなあと思ってついてきただけで、別に全然ヘアゴムとか見てないわよ？」

「それ、がっつり見てるじゃないですか！」

言い訳を並べたトヨさんに詰め寄れば、隣でサクさんが「言っちゃダメよ、それは」と頭を抱えた。

「いったいなにがあったのだ？　我にも誰か」

「ツキヨミさんにはちょっと刺激が強いんじゃね？」

「なぬっ!?」

ツキヨミさんだけ状況を把握できていなかったらしいけれど、ニニギさんのひとことで、その整った顔を綺麗に赤く染めた。

みんなに見られていたとなると、急に恥ずかしい。

「もうー……」

「ごめんごめん」

顔を覆った私に、トヨさんが平謝りをしてきた。

ごめんで済んだら警察いらんわ。思わず片言の関西弁が出そうになったけれど、そこはグッと我慢した。

「まあまあ、気を取り直して。みんなで花見酒でもしましょうよ」

場をとりなすようにポンと手を叩いたサクさんに、おっちゃんたちが「花見酒！」と歓喜の声を上げる。

「そりゃあいいなあ、サクちゃん！　でももう酒が全然ねえぞ」

「あら、そう？　じゃあ持ってきてもらいましょ」

シナのおっちゃんの訴えもさらりとかわして、サクさんはにこりと微笑む。

その美しい微笑みがバックの夜桜と見事に相まって、絵画のようだと私は息を呑んだ。

「……ところで、持ってきてもらうって、誰に？」

ひとり冷静な松之助さんの呟きが、花びらと共に風に乗っていった。

「なぜだ」

数分もしないうちに、大きな酒瓶を背負ってむっすりとやってきたのは、山の神であり酒の神でもある、おやっさんだった。隣にはリュックサックを背負わされた眷属、わたがしもいる。

「あ、お義父さん！　お疲れっす～」

へらへらと手を振るニニギさんにぎこちない表情を向けながら、おやっさんはブルーシートの上にドスンと酒瓶を置いた。

ちなみに、このブルーシートはツキヨミさんが持ってきてくれたものだ。夜桜と聞いて、絶対に要るだろうと懐に隠していたらしい。さっきみんなで敷いたときには、ツキヨミさんの甘くまろやかな香りが辺りに漂っていた。

「なぜ、俺がこのようなことを……」

「ありがとね、助かったわ。みんな、お酒来たわよ！」

不服そうに呟いたおやっさんの肩をポンポンと叩いて、サクさんはみんなのほうへ颯爽《さっそう》とお酒を運んでいく。さすが娘、怖いもの知らずである。

「おやっさん、わざわざありがとうございます」

ぺこりと頭を下げてお礼を伝えると、おやっさんはフンと鼻を鳴らした。

「あの人使いの荒い娘になんとか言ってやってくれ。祝い酒かなんだか知らぬが、限度というものがあるだろう。二秒であの量を造って持ってこいなんて無理なこった」

「それはそれは……って、うん？　祝い酒？」

サクさんに頼まれて大急ぎでお酒を造ってきたのだろう。少しやつれたおやっさんとの会話に、引っかかるワードがあった。

聞き返した私に、おやっさんは不思議そうに首を傾げる。

「違うのか？　莉子と松之助がおめでたと聞いたが」

「おっ!?」

なにがどう伝わってそうなったのか、はなはだ見当もつかない。思わず固まった私に、おやっさんは「違うのか」と察したようだ。

もしかしてお酒を持ってきてほしいがあまり、サクさんが歪曲《わいきょく》して伝えたのだろうか。だとしたら、なかなかに迷惑な話である。

常連さんたちと川のそばまで近寄ってどんちゃん騒ぎをしているサクさんを、仕方のない方だなあと眺めた。

「わたがしも一緒に来てくれたんですね」

「ああ。しかし、おめでたでないなら……連れてこなくてもよかったな」

「へ？」

ぽつりと聞こえた独り言のような呟きに首を傾げる。

わたがしに背負わせていたリュックサックを下ろして、おやっさんは頭を撫でる。

わっふ、と鳴いたわたがしに目を細めてからリュックサックを開けた。

「にゃにゃーい！」

「えっ」

　中にいたのは、まさかのごま吉だった。衝撃で微動だにしない私をぺしっと小突いて、するりとリュックサックから抜け出したかと思えば、とことこと慣れない足取りでおっちゃんたちのほうへと駆けていく。

「キュッキュッ」

　ごま吉だけかと思ったら、キュキュ丸たちもついてきていたらしい。外出が嬉しいのか、リュックサックの底にぎゅうっと詰められ、ツヤッと光っていた。

「店に寄ったら、ついてくると言ってきかなかったのだ」

「それは……どうもすみません」

　苦笑いを浮かべながら謝ると、おやっさんはフンと鼻を鳴らした。

「ところで、松之助はどこにいるのだ」

「それが、ちょうど今買い出しに……あっ」

　言いかけたところで、遠くに松之助さんの姿が見えた。みんなの分の食べ物を買いに行ってくれていた松之助さんは、両手にどっさりと袋を提げている。

　さぞかし大変だったことだろう。持つのを手伝おうと駆け寄れば、同じタイミングでトヨさんも飛んできた。

「はいトヨさん。焼きそばとたこ焼き、それからこれはイカ焼き。あと唐揚げも入っとるで」

「さっすが松之助、ありがとね」

ウキウキと袋を受け取って、トヨさんはブルーシートまで運んでいく。川のそばで騒いでいたおっちゃんたちも、酒瓶を持ってブルーシートに戻ってきていた。

「ひとりで大丈夫でしたか？」

「うん、まあ不思議そうな顔はされたけど」

私もいくつか袋を受け取りながら尋ねると、松之助さんは渋い顔で答えた。それもそのはず、ひとりでこんなに大量の食べ物を買っていくお客さんもなかなかいないだろう。

「ククッ、松之助、例の物は入手したか？」

靴を脱いでブルーシートに座ると、ツキヨミさんが寄ってきた。大勢の前だとやっぱり緊張するようで、左手で顔の半分を覆いながら尋ねるという中二病っぷりを発揮している。

「うん。みんなで食べよか」

「本当かっ！」

頷いた松之助さんに嬉しそうに目を輝かせて、ツキヨミさんは行儀よく正座をした。

「例の物って？」

ツキヨミさんがうちの店で頼むとしたらさめのたれだけれど、ざっと見た感じ、それを売っているようなお店はなかったように思う。

首を傾げた私に、松之助さんは袋から〝例の物〟を取り出して「これやよ」と見せてくれた。

「おでんですか」

それはさっき、二本だけしか買わなかった伊勢おでんだった。ツキヨミさんは照れたように「みなで食べるのもよいが、やっぱり一本まるっと食べたかったのだ」と呟いた。

確かに、みんなで分けて食べたから、私もこんにゃくしか口にできていない。

「あの、それ、私の分もありますか？」

「安心し。みんなの分買ってきたで」

松之助さんはコクリと頷いて、袋から大量のおでんを出していく。

「あら！　おでんもあるの？」

「さっき食べ損ねちまったんだよなあ」

ブルーシートの真ん中辺りでお酒を浴びるように飲んでいたトヨさんやシナのおっちゃんもめざとく見つけて、私たちのいる端っこまで寄ってきた。

ちなみに、ツキヨミさんが持ってきてくれたブルーシートは全員がちゃんと座れるほど大きいものだ。神様たちが見えていない人々からしてみれば、どでかいブルーシートに大量の食べ物とお酒を抱えた私と松之助さんだけが、端っこにポツンと座っているというシュールな光景だろう。

「ひと口しか食べられなかったから嬉しいわ」

「サクのも俺のも、お義父さんの分もあったりする？　お、ある感じ？　お義父さーん、おでんゲットしたっす！」

サクさんとニニギさんもおでんをもらいに来た。

松之助さんが順番に渡しながら「せっかくやで、みんなで食べよに」と提案すると。

「えっ、もう食べちゃったわよ～」

「にゃいにゃい～」

トヨさんとごま吉が、正直に自己申告した。

「ちょ、早すぎません!?」

驚いてツッコミを入れたものの、なんだか、このまとまらない賑やかさが楽しいなあと思う。松之助さんは、トヨさんとごま吉を「安定やなあ」と呆れたように笑っていた。

「わ、我はちゃんとみなに配り終えるのを待っていたぞ」

「そうですね、じゃあ一緒に食べましょうか」

胸を張ったツキヨミさんがまた可愛く思えて、頬が緩む。

それから松之助さんも一緒におでんの串を持って「いただきます」と声を揃えた。

ぱくりとまずかじりついたのは、さっきも食べることができたこんにゃくだ。ぷるっとしていて、やっぱりおいしい。

その次に、きつね色のいか棒。こんにゃくよりも熱そうで、ふうふうと息を吹きかける。串を横向きにしてがぶりと食いつくと、はんぺんより厚みがあって、しっかりと噛みごたえがあるのに柔らかい。たっぷり塗られた赤味噌がこれまたよくマッチしている。

「ん〜、おいしいですねえ」

「うむ。美味である」

私とツキヨミさんの会話を聞きながら、松之助さんもコクリと頷いた。

いか棒も食べ終えると、ラストは楽しみにしていたたくあんだった。丸い断面が見えるよう串に刺してあるため、いつもおでんで食べる大根と大差ないような見た目をしていた。

くんくんと匂いを嗅いでみるけれど、赤味噌の主張が強くて、私の鼻では違いが分からない。しかし歯を立ててみるとよく分かった。シャクッと独特の歯切れが残る食感は面白く、癖になりそうだ。

「たくあん、不思議とハマりそうな感じです」

「うん、これもありやなあ」

あっという間に食べ終えて松之助さんに感想を伝えていれば、「美味であった」と
ツキヨミさんも完食したようで串を振っていた。

「ゴミ、ここにまとめましょうか」

空いていたビニール袋をひとつ、ゴミ用にして、食べ終えたおでんの串を捨てる。

「ツキヨミさんもゴミ、ここにどうぞ」

「ああ、……いや、これはよいのだ」

袋を広げて串を受け取ろうとすれば、ツキヨミさんは切れ長の瞳をそっと伏せて、
両手で串を握りしめた。

どうしたのだろうかと隣を窺うと、松之助さんも首を傾げている。

「これは、ゴミではないのだ」

ツキヨミさんが顔を上げた。その瞳には、ブルーシートの真ん中、どんちゃん騒ぎをするトヨさんやシナのおっちゃん、さらにその奥で漫才のようなかけ合いをしているサクさんやニニギさん、おやっさんの姿が映っている。

夜桜の下とはいえ、やっていることは居酒屋と変わりない。むしろ、みんなもっと

桜を見ましょうよと言いたくなるくらいの通常運転だ。

しかしツキヨミさんはぎゅっと両手に力を入れてこう呟いた。

「こんなに楽しい夜は今までなかったから、思い出に持ち帰りたいのだ」

「ツキヨミさん……」

ピュアすぎる。

なんとも純粋な発言に胸を打たれていると、ハッと我に返ったようにツキヨミさんは続けて声を張った。

「なに、冥途《めいど》の土産にしようと思って……ではなく、そなたには到底理解できないだろうが、この品は闇と暗黒の世界では大変貴重なものでな！　そうだ、そういうことにしよう！」

「いやもう、キャラ設定ブレブレじゃないですか」

その必死な姿に、思わず私はツッコミを入れてしまった。


「今日はもうここで解散ね」

満開の桜の下、そう宣言したのはサクさんだった。

その隣で少し不服そうな表情をしているトヨさんもいるけれど、サクさんにがっちりと首根っこを掴《つか》まれていて、その不満を口には出してこない。

「いいんですか？　いつもならまだ、お店やってる時間ですけど」

不思議に思って聞いてみれば、美しい桜の女神様はにこりと笑って私に耳打ちをした。

「これはお礼なの」

「お礼？」

なんのことかと首を傾げると、サクさんはピンと人差し指を立てる。

「ひとつめ。以前、迷子を助けてくれたことがあったでしょう？」

それは今でも覚えている。ちょうど昨年の今頃、サクさんのお手伝いをしたことがあった。

コクリと頷くと、サクさんは中指も立てる。

「ふたつめ。父がよくお世話になっているでしょう？」

父というのはもちろん、おやっさんのことである。おやっさんもお客さんとして来てくれているわけだから、別にお世話をしているわけではないのだけれど。

少し首を傾げながら再び頷けば、サクさんは薬指も立ててこう続けた。

「みっつめ。旦那の相手もしてくれて、ありがとう」

旦那というのはニニギさんのことだ。確かにあのチャラ男さんの相手は大変だった……いや、そうでもないような……。

サクさんと直接的に関係ない話もあったけれど、とりあえず首を縦に振ってみせる。

するとサクさんは私の耳元でささやいた。

「私にできるお礼といったら、縁結びくらいだから」

「あ！」

だからか。今回、サクさんが夜桜を見に行こうと発案したのも、私と松之助さんがふたりきりになるようにしてくれたのも、うまくいくように仕向けてくれていたのか。

なるほど、と頷いた私に「ちょっとは役に立てたかな」とサクさんは笑う。

「おーい、トヨちゃんサクちゃん、そろそろ帰るぞ」

「あ、はーい」

おっちゃんの声に返事をして、サクさんは私から離れていった。

「さっきサクさんとなに話してたん？」

「いえ、なんでも」

隣に並んだ松之助さんがすかさず聞いてきたけれど、このことは秘密にしておこう。

そう思って首を振ると、松之助さんは腑《ふ》に落ちないとでも言いたげに私を見つめていた。

「こんだけ見事な桜ってすげえなあ」

ふわりふわり。甘い物好きのシナのおっちゃんは、桜の近くで浮いている。

「あと一週間もすれば散ってしまうっていうのも儚《はかな》くて、より綺麗に映るんでしょうね」

桜色の着物がよく似合うサクさんは、しっかりとした足取りだけれど頬をピンクに染めていた。

「桜にも負けないくらい、サクも綺麗だよ」

チャラ男の旦那、ニニギさんはそう言ってサクさんの手を握る。

「ごほん」

大きな咳払いをしたのは、わたがしを隣に連れたおやっさんだ。

「にゃいにゃい～」

「キュキュッ」

ごま吉はわたがしのふわふわとした尻尾を追いかけて、そんなごま吉の後ろをキュキュ丸たちがピョコピョコとついていく。

「闇と暗黒の世界と桜の融合……実に美しい……」

ツキヨミさんは惚れ惚れとした様子で、みんなの輪の中に入っていた。

「これは飲み直さないとねぇ」

ふらっふらっと踊るように歩いていたトヨさんは振り向いて。

「莉子、松之助、明日もお店行くからね」

へらっと笑って手を振った。

川の流れる音が聞こえる。桜の花びらが一枚、ひらひらと舞っている。

「また、おいない」

酔っ払った神様たちとの楽しい明日を思い描いて、お客さんたちを見送った。

「……それじゃあ、俺らは店に戻ろか」

「……ですね」

私は松之助さんとぎこちなく顔を見合わせて、それから同時にふっと笑う。

こぶし一個分の距離を開けながら、私たちは来るときよりもゆっくりとした足取りで、居酒屋お伊勢までの道を歩いたのだった——。

完

あとがき

こんにちは、梨木れいあです。『神様の居酒屋お伊勢』シリーズ三作目を手に取っていただき、また最後までお付き合いくださいまして、ありがとうございます。

一巻を書いたときには、まさかここまで続くとは思ってもみませんでした。本当に皆さまのおかげです。とてもありがたいことだなと感じています。

今回は伊勢を飛び出して、隣の鳥羽市についても書かせていただきました。生まれも育ちも三重県だというのに、恥ずかしながら鳥羽に行ったことは数えるほどしかなく、「水族館あるとこやよなあ」くらいのイメージでした。作中で莉子とトヨさんが訪れていた『神明神社』のある相差という町は、鳥羽の中心地からまた少し離れたところにあるため、調べているときには「なかなか遠いのに、こんなとこにみんな来るんかな？」と疑問を抱いていました。

しかし実際に行ってみると、魚介類が販売されているお店や古くからある旅館があって、想像以上に活気のある町でした。私が訪れたのは日曜の夕方だったのですが、日が暮れてからも石神さんにお願いしている方がいらっしゃって、その人気ぶりに驚きました。（ちなみに、帰りは暗い山道をヒーヒー言いながら運転しました。泊まるか、日帰りならお昼に行くのがおすすめです……ナイトサファリかと思いました）
せっかくだったので、私もピンク色の祈願用紙にお願いを書いて、しっかり石神さんを拝んできました。叶うかな、もうちょっと具体的に書いたほうがよかったかなとドキドキしています。機会があればぜひ、皆さまもお願いしてみてくださいね。

最後になりましたが、いつもさまざまな視点から楽しそうなアイデアをくださる後藤さま、「なんとか三巻を！」と言い残してくださった森上さま、スターツ出版の皆さま。たくさんの助言と提案をくださったヨダさま。見事な夜桜と、莉子と松之助の絶妙な距離感に、見ているこちらが照れてしまうような、素敵なカバーイラストを描いてくださったｎｅｙａｇｉさま。前作に引き続き、目を引くデザインに仕上げてくださった徳重さま。そして、この本を手に取ってくださった皆さま。
本当にありがとうございました。
また次巻でも、お目にかかれますように。

二〇一九年四月　梨木れいあ

この物語はフィクションです。実在の人物、団体等とは一切関係がありません。

梨木れいあ先生へのファンレターのあて先
〒104-0031　東京都中央区京橋1-3-1　八重洲口大栄ビル7F
スターツ出版（株）書籍編集部 気付
梨木れいあ先生

神様の居酒屋お伊勢 ～花よりおでんの宴会日和～

2019年4月28日　初版第1刷発行

著　者　梨木れいあ　©Reia Nashiki 2019

発行人　松島滋
デザイン　カバー　徳重 甫＋ベイブリッジ・スタジオ
　フォーマット　西村弘美
編　集　後藤聖月
　ヨダヒロコ（六識）
発行所　スターツ出版株式会社
〒104-0031
東京都中央区京橋1-3-1　八重洲口大栄ビル7F
出版マーケティンググループ　TEL03-6202-0386
（ご注文等に関するお問い合わせ）
URL　https://starts-pub.jp/
印刷所　大日本印刷株式会社

Printed in Japan

定価はカバーに記載されています。
ISBN　978-4-8137-0669-4　C0193

スターツ出版文庫　好評発売中!!

『君がいない世界は、すべての空をなくすから。』　和泉《いずみ》あや・著

母子家庭で育つ高2の凜。心のよりどころは、幼少期を過ごした予渼ノ島《よみのじま》で、初恋相手のナギと交換した、勾玉のお守りだった。ナギに会いたい――。冬休み、凜は意を決して島へ向かうと、いつも一緒に居た神社に彼は佇んでいた。「凜、おかえり」小さく笑うナギ。数カ月前、不慮の事故に遭った彼は、その記憶も余命もわずかになっていて…。「ナギ、お願い、生きていて！」愛する彼のため、絶望の淵から凜が取った行動とは？　圧巻のラストに胸打たれ、一生分の涙！

ISBN978-4-8137-0635-9 ／ 定価：本体570円＋税

『きっと夢で終わらない』　大椛馨都《おおなぎけいと》・著

友人や家族に裏切られ、すべてに嫌気がさした高３の杏那。線路に身を投げ出そうとした彼女を寸前で救ったのは、卒業したはずの弘海。３つ年上の彼は、教育実習で母校に戻ってきたのだ。なにかと気遣ってくれる彼に、次第に杏那の心は解かれ、恋心を抱くように。けれど、ふたりの距離が近づくにつれ、弘海の瞳は哀しげに揺れて……。物語が進むにつれ明らかになる衝撃の真実。弘海の表情が意味するものとは――。揺るぎない愛が繋ぐ奇跡に、感涙必至！

ISBN978-4-8137-0633-5 ／ 定価：本体560円＋税

『誰かのための物語』　涼木玄樹《すずきげんき》・著

「私の絵本に、絵を描いてくれない？」――人付き合いも苦手、サッカー部では万年補欠。そんな立樹の冴えない日々は、転校生・華乃からの提案で一変する。華乃が文章を書いて、立樹が絵を描く。突然始まった共同作業。次第に立樹は、忘れていたなにかを取り戻すような不思議な感覚を覚え始める。そこには、ふたりをつなぐ、驚きの秘密が隠されていて……。大切な人のために、懸命に生きる立樹と華乃。そしてラスト、ふたりに訪れる奇跡は、一生忘れられない！

ISBN978-4-8137-0634-2 ／ 定価：本体590円＋税

『京都祇園　神さま双子のおばんざい処』　遠藤《えんどう》 遼《りょう》・著

京料理人を志す鹿池咲衣は、東京の実家の定食屋を飛び出して、京都で料理店の採用試験を受けるも、あえなく撃沈。しかも大事なお財布まで落とすなんて…まさに人生どん底とはこのこと。だがそんな中、救いの手を差し伸べたのは、なんと、祇園でおばんざい処を切り盛りする、美しき双子の神さまだったからさあ大変!?　ここからが咲衣の人生修行が開幕し――。やることなすことすべてが戸惑いの連続。だけど、神さまたちとの日々を健気に生きる咲衣が掴んだものとはいったい!?

ISBN978-4-8137-0636-6 ／ 定価：本体590円＋税

スターツ出版文庫　好評発売中!!

『きみを探した茜色の8分間』　涙鳴《るいな》・著

私はどこに行くんだろう——高２の千花は学校や家庭で自分を出せず揺れ動く日々を送る。ある日、下校電車で蛍と名乗る男子高生と出会い、以来ふたりは心の奥の悩みを伝えあうように。毎日４時16分から始まる、たった８分、ふたりだけの時間——。見失った自分らしさを少しずつ取り戻す千花は、この時間が永遠に続いてほしいと願う。しかしなぜか蛍は、忽然と千花の前から姿を消してしまう。「蛍に、もう１度会いたい」。つのる思いの果てに知る、蛍の秘密とは？驚きのラストシーンに、温かな涙！

ISBN978-4-8137-0609-0 ／ 定価：本体560円＋税

『昼休みが終わる前に。』　髙橋恵美《たかはしえみ》・著

修学旅行当日、クラスメイトを乗せたバスは事故に遭い、全員の命が奪われた。ただひとり、高熱で欠席した凛々子を除いて——。5年後、彼女の元に校舎の取り壊しを知らせる電話が。思い出の教室に行くと、なんと5年前の修学旅行前の世界にタイムリープする。どうやら、1日1回だけ当時に戻れるらしい。修学旅行までの9日間、事故を未然に防いで過去を変えようと奮闘する凛々子。そして迎えた最終日、彼女を待つ衝撃の結末とは!?　「第３回スターツ出版文庫大賞」優秀賞受賞作！

ISBN978-4-8137-0608-3 ／ 定価：本体570円＋税

『秘密の神田堂　本の神様、お直しします。』日野祐希《ひのゆうき》・著

『神田堂を頼みます』——大好きな祖母が亡くなり悲しむ菜乃華に託された遺言書。そこには、ある店を継いでほしいという願いが綴られていた。遺志を継ぐため店を訪ねた菜乃華の前に現れたのは、眉目秀麗な美青年・瑞葉と……喋るサル!?　さらに、自分にはある"特別な力"があると知り、菜乃華の頭は爆発寸前!!「おばあちゃん、私に一体なにを遺したの？」…　普通の女子高生だった菜乃華の、波乱万丈な日々が、今始まる。「小説家になろう×スターツ出版文庫大賞」ほっこり人情部門賞受賞作！

ISBN978-4-8137-0607-6 ／ 定価：本体570円＋税

『青い僕らは奇跡を抱きしめる』木戸《きど》ここな・著

いじめに遭い、この世に生きづらさを感じている"僕"は、半ば自暴自棄な状態で交通事故に遭ってしまう。"人生終了"。そう思った時、脳裏を駆け巡ったのは不思議な走馬燈——"僕"にそっくりな少年・悠斗《ゆうと》と、気丈な少女・葉羽《はばね》の物語だった。徐々に心を通わせていくふたりに訪れるある試練。そして気になる"僕"の正体とは……。すべてが明らかになる時、史上最高の奇跡に、涙がとめどなく溢れ出す。第三回スターツ出版文庫大賞にて堂々の大賞受賞！圧倒的デビュー作！

ISBN978-4-8137-0610-6 ／ 定価：本体550円＋税

スターツ出版文庫　好評発売中!!

『Voice −君の声だけが聴こえる−』　貴《き》堂《どう》水《みず》樹《き》・著

耳が不自由なことを言い訳に他人と距離を置きたがる吉澤詠斗は、高校２年の春、聴こえないはずの声を耳にする。その声の主は、春休み中に亡くなった１つ年上の先輩・羽場美由紀だった。詠斗にだけ聴こえる死者・美由紀の声。彼女は詠斗に、自分を殺した真犯人を捜してほしいと懇願する。詠斗は、その願いを叶えるべく奔走するが――。人との絆、本当の強さなど、大切なことに気付かせてくれる青春ミステリー。2018年「小説家になろう×スターツ出版文庫大賞」フリーテーマ部門賞受賞。

ISBN978-4-8137-0598-7 ／ 定価：本体560円＋税

『1095日の夕焼けの世界』　櫻《さくら》いいよ・著

優等生的な生き方を選び、夢や目標もなく、所在ないまま毎日をそつなくこなしてきた相川茜。高校に入学したある日、校舎の裏庭で白衣姿の教師が涙を流す光景を目撃してしまう。一体なぜ？…ほどなくして彼は化学部顧問の米田先生だと知る茜。なにをするでもない名ばかりの化学部に、茜は心地よさを感じ入部するが――。ありふれた日常の他愛ない対話、心の触れ合い。その中で成長していく茜の姿は、青春にたたずむあなた自身なのかもしれない。

ISBN978-4-8137-0596-3 ／ 定価：本体570円＋税

『それから、君にサヨナラを告げるだろう』　春《はる》田《た》モカ・著

社会人になった持田冬香は、満開の桜の下、同窓会の通知を受け取った。大学時代――あの夏の日々。冬香たちは自主制作映画の撮影に没頭した。脚本担当は市之瀬春人。ハル、と冬香は呼んでいた。彼は不思議な縁で結ばれた幼馴染で、運命の相手だった。ある日、ハルは冬香に問いかける。「心は、心臓にあると思う？」…その言葉の真の意味に、冬香は気がつかなかった。でも今は…今なら…。青春の苦さと切なさ、そして愛しさに、あたたかい涙が止まらない！

ISBN978-4-8137-0597-0 ／ 定価：本体630円＋税

『あやかし心療室 お悩み相談承ります！』　唐《から》澤《さわ》和《かず》希《き》・著

ある理由で突然会社をクビになったリナ。お先真っ暗で傷心気味の彼女に、父親が見つけてきた再就職先は心理相談所。けれど父が勝手にサインした書面をよく読めば、契約を拒否すると罰金一億円!?　理不尽な契約書を付きつけた店主の栗根という男に、ひと言物申そうと相談所に乗り込むリナだが、たどり着いたその場所はなんと、あやかし専門の相談所だった……!?

ISBN978-4-8137-0595-6 ／ 定価：本体560円＋税

スターツ出版文庫　好評発売中!!

『休みの日 ～その夢と、さよならの向こう側には～』小鳥居《ことりい》ほたる・著

大学生の滝本悠は、高校時代の後輩・水無月奏との失恋を引きずっていた。ある日、美大生の多岐川梓と知り合い、彼女を通じて偶然奏と再会する。再び奏に告白をするが想いは届かず、悠は二度目の失恋に打ちひしがれる。梓の励ましによって悠は次第に立ち直っていくが、やがて切ない結末が訪れて…。諦めてしまった夢、将来への不安。そして、届かなかった恋。それはありふれた悩みを持つ三人が、一歩前に進むまでの物語。ページをめくるたびに心波立ち、涙あふれる。

ISBN978-4-8137-0579-6 ／ 定価：本体620円＋税

『それでも僕らは夢を描く』　加賀美真也《かがみしんや》・著

「ある人の心を救えば、元の体に戻してあげる」―交通事故に遭い、幽体離脱した女子高生・こころに課せられたのは、不登校の少年・亮を救うこと。亮は漫画家になるため、学校へ行かず毎日漫画を描いていた。ある出来事から漫画家の夢を諦めたこころは、ひたむきに夢を追う姿に葛藤しながらも、彼を救おうと奮闘する。心を閉ざす亮に悪戦苦闘しつつ、徐々に距離を縮めるふたり。そんな中、隠していた亮の壮絶な過去を知り……。果たして、こころは亮を救うことができるのか？一気読み必至の爽快青春ラブストーリー！

ISBN978-4-8137-0578-9 ／ 定価：本体580円＋税

『いつかのラブレターを、きみにもう一度』　麻沢《あさざわ》 奏《かな》・著

中学三年生のときに起こったある事件によって、人前でうまくしゃべれなくなった和奈。友達に引っ込み思案だと叱られても、性格は変えられないと諦めていた。そんなある日、新しくバイトを始めた和奈は、事件の張本人である男の子、央寺くんと再会してしまう。もう関わりたくないと思っていたはずなのに、毎晩電話で将棋をしようと央寺くんに提案されて――。自信が持てずに俯くばかりだった和奈が、前に進む大切さを知っていく恋愛物語。

ISBN978-4-8137-0577-2 ／ 定価：本体580円＋税

『菓子先輩のおいしいレシピ』　栗栖《くりす》ひよ子《こ》・著

友達作りが苦手な高1の小鳥遊《たかなし》こむぎは、今日もひとりぼっち。落ち込んで食欲もなかった。すると謎の先輩が現れ「あったかいスープをごちそうしてあげる」と強引に調理室へと誘い出す。彼女は料理部部長の菓子先輩。割烹着が似合うお母さんみたいにあったかい人だった。先輩の作る料理に勇気づけられ、徐々に友達が増えていくこむぎ。しかしある時、想像もしなかった先輩の“秘密”を知ってしまい――。みんなを元気にするレシピの裏に潜む、切ない真実を知った時、優しい涙が溢れ出す。

ISBN978-4-8137-0576-5 ／ 定価：本体600円＋税

書店店頭にご希望の本がない場合は、書店にてご注文いただけます。